제리엠 게임판타지 장편소설

WISHBOOKS GAME FANTASY STORY

힐통령

태양의 사제

힐통령 태양의 사제 9

제리엠 게임판타지 장편소설

초판 1쇄 찍은 날 | 2019년 5월 20일
초판 1쇄 펴낸 날 | 2019년 5월 27일

지은이 | 제리엠
펴낸이 | 예경원

기획 | 위시북스
편집책임 | 이규재
편집 | 위시북스

펴낸곳 | 예원북스
등록번호 | 제396-2012-000132호
등록일자 | 2012. 7. 25
KFN | 제1-414호

주소 | 경기도 고양시 일산동구 호수로 646-24 위너스21 II 빌딩 206A호 (우)10401
전화 | 031-819-9431 팩스 | 031-817-9432
E-mail | yewonbooks@naver.com

ISBN 979-11-6424-297-9 04810
979-11-89450-74-8 (set)

※ 이 도서의 국립중앙도서관 출판시도서목록(CIP)은 서지정보유통지원시스템 홈페이지(http://seoji.go.kr)와 국가자료공동목록시스템(http://www.nl.go.kr/kolisnet)에서 이용하실 수 있습니다.

제리엠 게임판타지 장편소설
WISHBOOKS GAME FANTASY STORY
힐통령
9
태양의 사제
Wish Books

힐통령
태양의 사제

CONTENTS

60장

The Rich

"2만 원입니다."

"여기요. 감사합니다."

치킨 배달부에게 현금을 내민 한정우는 박스에 잘 포장된 치킨을 받아 들고는 곧장 거실로 달려갔다.

"아직 시작 안 했나."

적당히 기분이 좋아질 만큼 두근거리는 심장.

그는 괜히 한쪽 벽에 달려 있는 시계를 힐긋 쳐다봤다.

'방송은 오후 8시부터라더니, 바로 시작하지는 않네.'

NET미디어의 야심작, 48억이라는 쌩돈과 시청률에 따른 인센티브라는 미친 계약의 산물. 비르 평야 전투 영상이 잠시 후면 브라운관을 통해 전국에 방영될 예정이다.

치킨 박스를 뜯던 한정우는 패드를 통해 커뮤니티의 반응을 확인했다.

-왜 시작 안 함? 방송 시작 8시 아님?

└넌 월드컵 방송 예정 시간이 4시이면, 땡하는 순간 공 차는 거 봤냐?

└그렇지. 애국가도 부르고, 선수들 입장하고, 해설가들끼리 수다도 떨고 시작하지.

-아 진짜 궁금해 미치겠네. 연말에 이런 방송이라니, 집 밖으로 나가지 말라는 건가?

└괜찮아. 어차피 이불 밖은 위험해.

-그런데 전쟁 영상은 이전에도 제법 많지 않았나? 왜들 이리 호들갑이래?

└비교가 안 됨. 이번 전쟁은 언노운 포함, 세계 10대 길드 중 6곳이나 참여한 대전쟁이야. 적군도 수만 단위라고 했으니 이전에 본 적 없는 빅꿀잼일 거다. 장담함.

└의외로 소문난 잔치에 먹을게 없을지도.

└애초에 적군 수만 명이 말이 되냐? 하여튼 한국인들 과장은 알아줘야 된다니까.

기대가 크면 실망도 큰 법이다.

한껏 기대를 품고 있는 사람들이 압도적으로 많았지만, 그 반대도 적지는 않았다.

-그래 봤자 전쟁 영상 아닌가요? 개싸움일 것 같은데.

-여태까지 내가 본 레이드 영상만 몇 개인데…… 언노운이라고 너무 특별 취급해 주네.

└랭킹 1위를 특별 취급해 주지, 그럼 누굴 특별 취급해 주냐?

-전부 닥치셈. 오늘의 관전 포인트는 언노운 얼굴이 공개될지, 안 될지다.

-언노운님 얼굴 보기 위해 본방 사수 대기 중인 팬클럽 회원 1人.

└222222.

└3333.

정우가 갓 튀겨서 김이 모락모락 올라오는 닭 다리를 크게 한입 베어 무는 순간, 프로그램이 시작되었다.

원래 이 시간에 방영하던 프로그램이 아닌 파일럿 프로그램으로, 새로운 진행자들이 자리 잡고 있었다.

-시청자 여러분 안녕하십니까! 이제껏 본 적 없는, 볼 수 없던! 하지만 누구나 보고 싶었던! 미드 온라인 최초의 전쟁 영상과 함께 여러분을 찾아뵙게 된 권준혁.

-김주리예요.

깔끔한 정장을 갖춰 입은 두 명의 남녀가 부드러운 미소를 지으며 꾸벅 고개를 숙였다. 확실히 NET미디어에서도 이번 프로그램에 거는 기대가 큰지, 두 명 모두 미드 온라인 방송 진행자로서는 둘째가라면 서러워할 정도의 최상위급 인물들이었다. 말끔한 이미지와 입담도 입담이지만, 목소리가 좋기로 소문난 권준혁, 그리고 청순하게 생겼지만 게임 폐인이라는 상반된 이미지를 지닌 김주리 모두 팬층이 확고한 MC들이었다.

김주리에게 고개를 돌린 권준혁이 입을 열었다.

-주리 씨. 평소에 미드 온라인은 좋아하시나요?

-어머, 그걸 진짜 모르셔서 물으시는 거 아니죠? 그렇죠?

조그마한 손으로 제 입가를 가린 김주리가 눈을 가늘게 뜨며 권준혁을 흘겼다.

이에 호탕한 웃음을 터뜨린 권준혁이 손사래를 쳤다.

-하하하. 물론 주리 씨가 게임광인건 압니다. 이미지 보호 차원에서 예의상 여쭤본 거예요.

-에휴. 저 이미 시집 다 갔어요. 저 같은 게임 폐인을 누가 데려가요. 히잉.

서로의 안부를 물으며 자연스럽게 프로그램 진행을 시작한 권준혁이 재차 질문했다.

-미드 온라인에 대해서 잘 아신다면, 오늘 저희가 보여드릴 영상에 대해서 짤막한 소개를 부탁드리겠습니다.

-음. 우선 다들 미드 온라인의 랭킹 시스템에 대해서 아실 거예요.

-물론이죠. 최상급 랭커는 걸어 다니는 기업이라 불릴 정도 아닙니까? 요즘은 결혼회사 등급표에서도 최상위 랭커가 1급 신랑, 신붓감으로 꼽힌다고 하더군요.

-호호. 맞아요. 벌이도 좋고, 자택 근무라서 사랑하는 사람끼리 오래 붙어 있을 수도 있으니 최고의 결혼 상대죠.

-그런데 갑자기 랭킹에 대해선 왜 말씀하신 겁니까?

-왜냐하면 오늘 공개해드릴 영상의 주인공, 언노운에 대해서 설명해야 하거든요.

자리에서 일어난 김주리는 마치 기상 캐스터처럼 기다란 봉을 들고 화면에 떠오른 언노운의 스펙을 빠르게 정리했다.

-와……. 랭킹 1위라니…… 설명하신 것만 들으면 말 그대로 괴물이네요, 괴물.

-그렇죠. 최단 기간에 레벨을 이만큼이나 올렸고, 실력 성장 속도 또한 발군이에요. 흔히 무언가를 빨리 배우는 사람을 두고 스펀지처럼 흡수한다고 하잖아요? 그렇다면 언노운은 거대한 스펀지가 맞아요. 그것도 드넓은 바다에 빠진 스펀지죠.

-그만큼 대단한 사람이라는 뜻이군요.

-이것뿐만이 아니에요. 아까 말씀드렸듯이, 언노운의 행보는 하나같이 말도 안 되는 것들뿐이에요.

이어서 자료 화면들이 빠르게 떠올랐다.

-붉은 주먹 길드를 단신으로 해치우면서 화려하게 데뷔, 글렌데일 도시의 오크 토벌대와 아직까지 깨지지 않은 최단 기록의 인던 공략, 한 때 인터넷을 뜨겁게 달구었던 아오사 솔로 레이드는 물론…… 절대 무너지지 않을 것 같았던 세계 10대 길드의 아성마저 무너뜨린 장본인이예요.

-마치 영웅의 서사시처럼 하나같이 대단한 일들뿐이네요.

-그쵸? 심지어 이번에는 그를 주축으로 600명이 넘는 최상위급 랭커들이 모였어요.

-아아, 저도 들었습니다. 전쟁을 위해서였죠? 어우 그런데…… 랭커들 숫자가 그 정도면 누가와도 다 이길 수 있겠는걸요?

권준혁이 감탄사를 터뜨리며 말하자, 김주리가 미간을 찌푸렸다.

-준혁 씨, 겜알못이죠?

-예, 예?

-게임에 대해서 잘 알지 못하는 사람. 줄여서 겜알못. 모르세요?

-에이. 제가 미드 온라인 방송만 벌써 1년 가까이 하고 있는데…… 남들보다는 잘 알죠. 크흠. 제가 알기로 랭커들이 같은 목적을 띄고 그렇게 모였던 사례는 없었던 걸로 압니다만?

-맞아요. 이번이 처음이죠. 하지만 상대는 무려 수만 명이나 되는 뮬딘 교의 암흑 교도들이에요.

-뮬딘 교!

어차피 대본대로 돌아가는 방송이라지만, 두 사람의 연기는 훌륭했다. 권준혁이 정말 화들짝 놀란 사람처럼 소리치자, 김주리가 입 꼬리를 살포시 올렸다.

-상위권 랭커들에 의해 꾸준히 언급되었던 단체예요. 미드 온라인의 절대적인 악. 과거에는 태양교보다 대단한 성세를 누렸다는 어둠의 세력!

-그런 곳에서 수만 명의 병력을 보냈다니…… 고작 랭커 수백 명이서 이길 수 있을까요?

-글쎄요, 그건…… 영상으로 함께 확인하시죠.

서로 웃고 있는 김주리와 권준혁의 모습이 점점 줌 아웃되며 사라지고, 희미한 영상이 떠올랐다. 동시에 커뮤니티의 서버가 터질 정도의 반응들이 튀어나왔다.

-시작한다!

-젠장! 왜 한국 시간 오후에 하는 건데? 이런 건 불 끄고 봐야 제 맛인데, 미국은 지금 대낮이라고!

└암막 커튼이라도 달던지.

-오오, 나 저기 어딘지 알아! 비르 평야다!

영상의 시작 부분은 드넓은 창공을 날아다니는 한 마리의 독수리. 독수리와 점점 가까워지던 카메라는 이내 독수리의 시점으로 세상을 바라보았다.

폭만 수백 미터가 넘는 수베르 운하!

그리고 흙과 모래, 잡초가 무성하게 자란 비르 평야에는 천 명이 넘어가는 유저와, 수백 명의 엘프들이 모여 있었다.

-잠깐만, 랭커들 500명 정도라고 하지 않았어? 유저들만 천 명이 넘어 보이는데?

└그러게. 길드 소속 아닌 유저들도 몇 백 명은 되어 보이네.

-방송 사고인 건가?

-아무래도 좋고, 저런 숫자의 인간들이 질서 정연하게 모여 있는 게 그냥 멋있다.

-와, 위엄 보소. 내가 적군이면 저거 보고 그냥 도망간다.

그런 대군의 선봉에 한 플레이어가 서 있었다. 바다의 폭군 세트를 장비하고 있는 카이는 세상을 아우를 듯한 위엄을 풍기고 있었다.

하지만 그 기세는 결코 오래가지 못했다.

두두두두두!

하얀 눈덩이로 뒤덮여 있는 피베즈 산맥이 새카맣게 물들기 시작했으니까.

유저의 군대가 초라하게 보일 정도의, 정말 엄청난 대군. 방송을 보는 이들은 먹던 야식조차 내려놓고 멍한 표정으로 키보드를 놀렸다.

-지금 장난해? 저거랑 싸운다고?

-와, 미쳤냐? 수만 명을 말로 들을 때랑 실제로 볼 때는 그냥 차원이

다른데?

-저거 이길 수는…… 아니, 싸움 자체가 성립되기는 하나?

-어어! 유저들 막 이탈한다! 로그아웃 하는데?

-아하. 저래서 유저들이 몇백 명 안 남았던 거구나?

순식간에 줄어드는 플레이어의 군대. 질서정연하게 서 있던 대열의 여기저기에 구멍이 숭숭 뚫리기 시작했다.

칼 한 번 섞지 않았는데 반토막이 나버린 유저들의 숫자!

하지만 언노운은 그 상황에서도 침착함을 잃지 않았다.

빠르게 무리를 재정비함과 동시에 펼쳐진 연설!

그와 함께 부여된 사기 진작 버프는 적군과의 격차를 조금이나마 줄였다.

-역시 난 놈은 난 놈이네.

-계란으로 바위 치기인 것 같지만…… 그래도 응원한다! 예전부터 팬이었다고.

-하지만 미드 온라인의 대규모 전투는 현실과 크게 다를 바 없어. 전술도 중요하지만 머릿수가 이렇게 대여섯 배나 차이가 나버리면…….

시청자들의 걱정에도 불구하고 언노운은 자신의 다리를 앞으로 한 걸음 크게 내디뎠다. 동시에 사제복을 장착한 그는 아군에게 축복을 내린 뒤, 지휘를 시작했다.

-그렇지. 다리를 틀어막으면 적은 머릿수로도 대군을 상대…… 응?

-아니, 언노운 미쳤냐? 거기서 운하를 왜 얼려? 아니, 그리고 거길 또 왜 올라가?

-으아아아! 망했다! 적군들이 넘어오기 시작하잖아!

-저놈 저거, 혼자 싸우는 것만 잘하지 전쟁은 쥐뿔도 못하잖아!

시청자들의 비난은 전쟁이 본격적은 궤도로 들어가면서 더욱 심해졌다.

-어이구, 이럴 줄 알았다. 일방적으로 밀리는데?

-이단 심판관들이 너무 강해. 랭커들이 최소 열 명은 붙어야 제지 가능한 수준이야.

-난 언노운이 대체 왜 이런 전투를 강행했는지 모르겠어. 다리를 틀어막고 수성전을 하면서 적군의 수를 갉아먹는 것만이 유일한 승리 방법이었는데…….

-응? 그런데 언노운이 이단 심판관 사냥에 나섰는데?

-그래 봤자 시간 끌기…… 어?

전쟁의 흐름이 바뀌기 시작했다. 언노운의 손에 가장 강력하던 이단 심판관이 쓰러지고, 유저들과 엘프의 사기는 급격히 상승했다. 그들이 토해내는 함성은 브라운관 너머로도 생생히 전달되었다.

부르르.

알 수 없는 전율을 느낀 시청자들이 침을 꿀꺽 삼켰다.

-이거 잘하면……?

-률딘 교의 본대는 철혈 기사단이 완전 묶어놓고 있어.

-언노운이 계속 이런 식으로 이단 심판관만 처치해 주면 가능성이 있어!

하지만 모든 이들의 예상을 박살 내려고 작정이라도 하듯, 언노운은 후퇴를 지시했다.

-에라이 멍청아! 기세를 탔을 때 몰아붙여야지!

-아이고, 망했네, 망했어.

-암 걸려서 더는 못 보겠네요. 방송 하차합니다.

-편집은 진짜 웬만한 영화 찜 쪄먹을 정도로 잘했는데, 전쟁 내용이 너무 부실…… 음?

우르르르.

처음에는 집 밖의 나무가 흔들린게 아닐까 싶을 정도로 아주 조그마한 소음이었다. 시청자들 중에서도 청각이 예민한 극소수만이 겨우 들을 정도의 작은 소음. 하지만 그 소리는 파문이 일듯 점점 커져갔다. 영상에서 그 소리만 집중적으로 잡으며 증폭시켰기 때문이다.

-무슨 소리 안 들려? 우르릉거리는…… 마치 지진이라도 난 듯한 소리.

-지진? 글쎄. 우리 집은 멀쩡한데?

└멍청아. 현실에서 말고 저 영상에서 말이야.

└어라, 그러고 보니 조금씩 그런 소리가 커지는 것 같은 기분이…….

우르르릉, 우르르르르르릉!

소음이 점점 커져 굉음이 되어 모든 사람이 인식할 수 있게 되었을 즈음, 유저와 엘프들은 이미 얼음판에서 물러나 뭍으로 올라온 상황이었다.

반대로 뮬딘 교의 군세가 빙판 위를 가득 채운 순간. 시청자들이 답답한 마음에 사이다를 콸콸 부어주기라도 하듯, 인어들의 군대가 아이스필드와 뮬딘 교를 그대로 들이받았다.

콰아아아아앙!

"오, 멋있게 나왔는데?"

만족스러운 표정을 지은 한정우는 그 뒤의 내용도 즐겁게 감상했다.

'영상미랑 음악이 끝내주네. 특히 유저들이 다리를 통해 뮬딘 교의 본대를 강타하는 모습에선 감동적이기까지 해.'

커뮤니티에서는 벌써부터 움짤이 돌아다녔다.

수백 억을 들여 만든 영화조차 흉내 내지 못할 정도로 아름답고 웅장한 장면. 심지어 플레이어는 배우들처럼 캐릭터를 연기하는 것이 아니었다. 그들에게선 실제로 자신의 목숨을 걸고 싸우는 이의 치열함과 용맹함이 흘러나왔다.

2시간 30분이라는 긴 프로그램이 끝났지만, 여운은 사라지지 않고 더욱 짙어져만 갔다.

"음…… 나중에 유료 결제해서 한 번 더 봐야겠어."

비록 자신이 주인공인 영상이라지만 다른 길드의 주요 랭커들의 캐릭터도 잘 살아나도록 편집을 했기에 더욱 재미있게 볼 수 있었다.

전투 도중에 피어나는 우정과 필사적인 랭커들의 모습, 죽어가는 동료를 향해 소리치는, 눈물 없이는 볼 수 없는 전우애까지!

막말로 스토리 하나 없이 싸움만 주구장창하는 영상일 뿐이지만 당시의 치열했던 전투를 저런 식으로 자세하게 보여주자 손바닥마저 축축해진 상태였다.

띠리리리리리.

한정우에게 전화가 온 것도 그때였다.

입가심으로 콜라를 마신 한정우는 전화를 받았다.

"여보세요."

-안녕하십니까! NET미디어의 김인하 PD입니다. 혹시 프로그램 보셨습니까?

"네. 잘 봤습니다. 정말 잘 만드셨던데요? 덕분에 2시간 30분이 지났는데 화장실도 못 갔어요."

-하하, 최고의 칭찬이네요. 다름이 아니라 좋은 소식이 있어서 전화드렸습니다.

"좋은 소식이요?"

한정우가 고개를 갸웃거리며 묻자, 김인하 PD의 기쁨에 겨운 목소리가 수화기 너머에서 전해졌다.

-이번 프로그램, 1997년 이후로 나오지 않았던 대한민국 역사상 최대 시청률인 65.8%보다 살짝 못 미치는 63.4%가 나왔습니다. 연속극도 아니고 파일럿 단일 프로그램이라는걸 생각해 보면 정말 말도 안 되는 결과예요.

"……잠깐만요. 그 말씀은?"

멍한 표정을 짓는 한정우의 뇌리로 계약 내용이 빠르게 스쳐 지나갔다.

아니나 다를까, 김인하가 능글맞은 목소리로 속삭였다.

-부자가 되신 걸 축하드립니다.

지지직, 지지지지직.

은행 ATM 기계가 특유의 비프음을 토해냈다. 잠시 후 금액이 찍힌 통장이 나오자, 한정우는 헛웃음을 흘렸다.

"…나 진짜 부자네."

물론 이전에도 가난했던 것은 아니다.

집안은 부유했으니까.

하지만 한정우 개인 자산은 10억이 채 되지 않았다.

'물론 내 나이에 비하면 말도 안 되게 성공한 건 맞지만…….'

스스로 부자라고 부르기에는 많이 모자란 액수였다.

물론 그 고민도 오늘로 끝.

'계약금을 6대 길드와 N분의 1로 나누고, 전쟁에 참여한 일반 유저들에게는 사비를 털어서 조금 나눠줬어.'

순수하게 계약금으로 받은 돈만 따지면 겨우 6억이 조금 넘는다. 하지만 시청률에 따른 인센티브 지급은 오직 자신만을 위한 조건.

"시청률이 60%가 넘게 나올 줄이야……."

NET미디어도 웃고, 한정우도 웃는 결과가 나올 수 있었다.

요즘 세대에 불가능이라 불리던 시청률을 뽑아낸 NET미디어의 주가는 그 순간부터 상한가를 치는 중이었으니까.

게다가 인터넷을 통한 동시 중계로 전 세계에 자신들의 이름을 알린 상태였으니, 지금쯤 계약을 따내지 못했던 경쟁 방송국들은 속이 쓰리다 못해 곪아갈 것이 분명했다.

"시청률 30% 이상일 때 1%당 1억이었으니까……."

63.4%, 소수점은 제외하고 33%의 추가 시청률을 달성한 상태!

'뭐, 그래서 이런 액수가 찍힌 거겠지.'

42억, 0이 몇 개인지 세어보아야 할 정도의 금액이 통장에 찍혀 있었다.

"미드 온라인 오픈 1년 만에 이 정도라……."

태양의 사제로 전직을 하고 나서는 반년 정도밖에 안 지났다.

미드 온라인이 낳은 최고의 스타 중 한 명이 된 한정우는 통장을 챙기고는 은행을 나섰다. 그 길로 편의점에 들른 그는 간식거리와 음료수를 고르며 생각했다.

'앞으로 해야 할 일들을 좀 정리해 보자. 우선은…… 타이탄 녀석들이겠지.'

세계 10대 길드들은 그 무엇보다 이미지를 중시한다. 막 나간다는 검은 별이나 타이탄마저 좋은 이미지를 가꾸려 노력했을 정도이니까.

자신이라고 다를 수는 없다.

'호구라는 이미지가 잡히면 그때부터는 진짜 힘들어져.'

침공 이벤트 때 타이탄은 자신에게 잽을 날렸다. 물론 자신이 카운터펀치를 멋지게 꽂아 넣었다지만, 먼저 한 대 맞았다는 사실에는 변함이 없다.

'여기서 가만히 있으면 10대 길드 쪽에 너무 만만하게 보일 거야.'

타이탄 길드가 딱히 두려운 것도 아니다. 굳이 아인종 세력의 도움을 받지 않아도, 자신은 그들을 충분히 괴롭힐 수 있다.

'좀 치사하게 들리겠지만, 타이탄 길드에 소속된 저레벨 유저들부터.'

비록 카오틱 딱지를 달 수도 있겠지만, 확실한 경고를 할 수 있다.

'타이탄 길드 마크를 가슴에 붙이고 있으면 나의 사냥감이 될 수도 있다. 이 사실부터 알려줘야지.'

자신도 놈들 때문에 침공 이벤트에서 7위를 한 것에 아직까지 스트레스를 받고 있으니까.

'그리고 또 하나 더 신경 써야 할 건…….'

이제는 정말로 귀찮은 일이 자주 발생할 수 있다는 것이다.

가령…….

삑, 삐익.

물건을 계산하던 점원이 한정우의 얼굴을 힐긋힐긋 쳐다봤다. 현금을 받던 그는 결국 궁금증을 참지 못하고 입을 열었다.

"저기…… 혹시 언노운……."

"사람 잘못 보셨어요."

후드를 뒤집어쓴 한정우는 봉지를 집어 들곤 도망치듯 편의점을 빠져나왔다.

'얼굴이 다 팔렸어.'

NET미디어의 계약 조건은 물론 카이의 얼굴 공개였다. 주인공 격이라 할 수 있는 그의 얼굴이 모자이크 처리가 되어버리면 영상미가 뚝뚝 떨어지니까.

'이러다가 연예인 병이라도 걸리는 거 아닌가 몰라.'

집 밖은 위험한 법. 서둘러 자신의 오피스텔로 돌아온 한정우는 집 앞에서 대기 중인 남녀들을 발견했다.

"……그쪽은?"

경호원들을 주렁주렁 달고 다니는 맨 윗집 여자다.

'저 여자가 왜?'

오늘도 멋진 패션이다. 한겨울의 추운 날씨에 걸맞은 호피무늬의 털 코트와 그 속에 입은 니트, 그리고 이와 대조되는 하얀 슬렉스 바지. 결정적으로 오늘도 쓰고 있는 커다란 선글라스는 그녀의 패션을 완성시켰다.

"……설마 이렇게 가까이 살고 있을 줄은 몰랐네요."

또각또각.

한정우에게 다가온 여인은 천천히 선글라스를 벗었다.

동시에 한정우의 눈동자가 커다래졌다.

"어? 설마……."

"반가워요. 카이…… 아니, 한정우 님이라고 불러야 하나요?"

천화 길드의 마스터.

설은영이 그녀답지 않게 고혹적인 미소를 지었다.

"누추하지만 일단 앉으세요."

"정말 누추하네요."

"……."

한정우의 원룸 오피스텔을 둘러보던 설은영이 조심스럽게 자리에 앉았다.

경호원들은 모두 집 밖에서 대기 중인 상황. 물론 한정우가 그들을 껄끄럽게 여긴다는 걸 눈치챈 설은영의 지시 때문이었다.

"이렇게 불쑥 찾아와서 미안해요. 하지만 어제 방송을 보고 바로 내려오고 싶었던 걸 나름대로 참은 거예요."

"아, 예……. 감사하네요."

한정우는 적당히 고개를 끄덕이며 그녀가 자신을 찾아온 이유를 생각해 봤다.

'우선 나와 천화 쪽은 사이가 나쁜 편은 아니야. 좋다면 모를까.'

자신은 그들이 세계 10대 길드의 일좌가 될 수 있도록 도와주었다. 물론 그들 역시 자신이 이번 비르 평야 전투에서 승리할 수 있게끔 지대한 공헌을 해주었고.

한 마디로 그들은 상부상조하는 사이.

'혹시 스카웃 제안인가?'

만약 그렇다면 거절할 생각이다.

현재의 자신이라면 굳이 길드에 묶일 필요가 없으니까.

"우선 어제 방송 잘 봤어요. 하룻밤 만에 세계적인 스타가 되셨네요."

"감사합니다. 솔직히 아직 실감이 나지는 않지만요."

"이제 곧 실감 나기 시작할 거예요."

설은영이 또 한 번 미소를 지으면서 대꾸하자, 한정우가 고개를 갸웃거렸다.

"그걸 어떻게 아십니까?"

"얼굴이 다 팔렸잖아요. 최고로 핫한 캐릭터이기도 하고. 각종 방송과 CF 섭외가 물밀듯이 흘러들어 올 거예요."

"에이, 무슨……."

"농담 같나요?"

어깨를 으쓱거린 설은영이 핸드폰을 꺼내 어딘가로 전화했다.

"어, 난데. 알아보라는 거 알아봤지? 말해봐."

잠시 무언가를 듣던 설은영이 고개를 끄덕였다.

"됐어. 거기까지. 끊을게."

전화를 끊은 설은영이 당연하다는 목소리로 말을 이었다.

"난리 나셨네요. 전자 제품 쪽에서는 주력으로 밀고 있는 게이밍 마우스와 키보드, 컴퓨터가 브랜드별로 홍보 모델을 제안할 생각이고, 방송국들 쪽은 더 난리예요. 그쪽을 메인으로 내세운 게임 방송과 예능들이 지난 밤 사이에 몇 개나 계획되었어요. 심지어 그중에는 섬에 박혀서 물고기를 잡아야 하는 프로그램까지 있고요."

"……정말입니까?"

"난 이런 걸로 거짓말 안 해요."

남다른 프라이드가 있는 설은영이 팔짱을 끼며 단호하게 말하자, 신뢰감은 엄청났다.

'확실히 설은영이 거짓말을 해서 얻을 수 있는 게 없지.'

하지만 다르게 생각하면, 그녀가 이러한 사실을 말한다고 해서 얻을 수 있는 것도 없다.

"그래서 하고 싶은 말이 뭡니까?"

"천화 그룹과 전속 계약을 맺어주세요. 일종의 매니지먼트라고 생각하셔도 돼요."

그녀의 뜬금없는 제안에 한정우는 황당한 표정을 지었다.

"죄송한데 전 귀찮아서 그런……."

"이야기 다 들어보고 결정해 주세요."

한정우의 말을 끊은 설은영이 말을 이었다.

"그 어떤 활동을 하실 필요도 없어요. 한정우 님에게 제안을 넣는 프로그램, CF, 제안은 앞으로 모두 천화 그룹 선에서 정리해 드릴게요."

"……그 대가로 제가 얻는 건?"

"돈과 시간."

"반대로 묻죠. 그 대가로 천화 길드가 얻는 건 뭡니까?"

"당신이 게임에 온전히 집중할 수 있다는 사실 정도?"

"허……."

불공정 계약이나 다름없다. 물론, 자신에게 압도적으로 유리한 불공정 계약이지만.

"앞으로 귀찮아지실 거예요. 그 모든 귀찮음을 천화에서 도맡아드릴게요."

"그렇게까지 하는 이유가 뭡니까? 설마 제가 게임에서 천화를 도와줘야 하는 겁니까?"

한정우가 살짝 미간을 찌푸리며 되물었다. 그녀의 목적이 자신을 구속하려는 것이 아닌가 하는 의심 때문이었다.

물론 설은영은 단호하게 고개를 붕붕 저었다.

"전혀. 그런 부담감 가지실 필요 없어요. 다만……."

"다만?"

설은영이 그녀답지 않게 입꼬리를 올리며 웃었다.

"그쪽도 사람인데, 저희가 이렇게 잘해주면 천화 길드에 무슨 일이 생겼을 때 한 번 정도는 도와줄 생각이 들지 않겠어요?"

"……아하. 그런 속셈이셨구만."

그녀의 귀여운 속셈을 알아챈 한정우가 피식 웃음을 터뜨렸다.

'나쁘지는 않아.'

사실 그녀가 말한 것의 절반만 진실이라고 해도 귀찮다. 나중에 자리가 잡히면 모를까, 등 뒤에 추격자들이 득실거리는 지금 상황에서는 더더욱.

'온전히 게임에 전념할 수 있다는 게 가장 마음에 들어.'

결정을 내린 한정우가 고개를 끄덕였다.

"다음에 올 때는 계약서 챙겨서 와주세요."

"그럴 필요 없어요. 이미 챙겨왔으니깐."

설은영이 기다렸다는 듯이 가방에서 서류 봉투를 꺼냈다.

그녀의 치밀한 준비성에 혀를 내두른 한정우는 계약 조건을 잘 살펴봤다.

'확실히 그녀가 말한 대로야. 너무 단순해서 무서워.'

특히 달마다 전속 계약금 500만 원이 지급된다는 부분에서는 이것이 신종 사기가 아닌지 덜컥 겁이 날 정도였다.

한정우가 시원하게 사인을 하자 설은영은 만족스러운 미소를 지으며 악수를 청했다.

"좋은 거래였어요."

"네, 좋은 거래였죠."

악수를 나눈 설은영은 시계를 슬쩍 쳐다보더니 황급히 자리에서 일어났다.

"이런, 가봐야겠네요."

"약속이라도 있으신가 봐요?"

"네. 길드원들이랑 새로 발견한 던전 돌기로 했는데. 이러다가 늦겠어요."

"……."

서둘러 짐을 챙기는 설은영을 마중까지 나가 보내자, 귀신같이 전화가 울렸다.

[민수]

용건은 안 봐도 뻔하다.

"여보세……."

-야! 네가 어떻게 나한테 이럴 수 있어!

"방송 봤냐?"

-봤으니까 전화하지! 내가 그동안 언노운 좋아하는 거 그렇게 티를 냈는데 어떻게 나한테까지 숨기냐?

"야, 부모님이랑 누나도 모르거든?"

-아으, 그렇게까지 말하면 할 말은 없지만…….

"그래서 그거 따지려고 전화한 거냐?"

-크흐흠. 그건 부가적인 거고…… 친구야. 내가 평소에 언노운 광팬이었던 거 알지?

"굉장히 알기 싫지만…… 알지……."

연락할 때마다 언노운 영상을 보고 있네, 벌써 몇 번을 봤네, 떠들어대던 녀석이다. 심지어 비르 평야 전투는 절대로 놓쳐선 안 된다고 하루에 한 번씩 문자를 보내기까지 했다.

-나중에 팬클럽 사인회 한 번만…….

"생각해 보고."

-지, 진짜다? 생각해 본다고 했다?

"어. 진짜 겁나 진지하고 오랫동안 생각해 볼게. 한 달 정도 생각해 보고 연락 줄게."

-고맙다! 나중에 사냥 한 번 더하자! 휘몰이 길드원들이 너한테 사인 못 받았다고 칭얼거려서 죽겠다 야.

"사인은 무슨…… 끊는다."

-이 형님이 항상 응원하는 거 잊지 말고.

"게임이나 해."

통화를 종료한 한정우는 친구의 귀여운 행동에 웃음을 흘렸다.

"가족들은 게임 쪽으로는 소식이 어두우니 하루이틀 후에 연락이 오려나…….”

그 정도 시간이면 딱 좋다.

‘우선 침공 이벤트. 그 보상부터 확인을 해야지.’

과연 공적치 랭킹 7위에게는 어떤 보상이 내려질지.

벌써부터 궁금했다.

61장
운수 좋은 날

"어디 보자……."

미드 온라인에 접속한 카이가 가장 먼저 한 일은 자리에 앉아 인터넷 창을 활성화시킨 것이다.

'공헌도로 무엇을 받을 수 있는지, 무엇을 받아야 가장 효율적인지 정도는 검색해 봐야지.'

확실히 침공 이벤트에 참여한 인원들이 많았던 만큼, 보상에 대한 의견도 분분했다.

-이벤트 보상 장난? 랜덤 상자 5개 열었는데 노멀 등급 무기만 5개 나왔어.

ㄴ배부른 소리 하지 마라. 난 꽝 2개 노멀 방어구 2개 나왔으니까.

-아무리 생각해도 보상으로 랜덤 상자 받는 건 미친 짓인 것 같아. 다

들 일확천금 노리지 말고 완제품이나 교환하라고.

ㄴ완제품 교환할만한 공헌도가 없으니까 이러는 거지…….

-그냥 돈 벌고 싶으면 최상급 랜덤 박스만 사서 경매장에 올려. 지금 도박에 미친 불나방들이 가격 높여놔서 엄청 비싸다. 나도 이런 식으로 짭짤하게 벌었어.

ㄴ오, 꿀팁 감사. 근데 어차피 이벤트 랜덤 박스는 한 사람당 3개씩밖에 못 까잖아.

ㄴ이왕 깔 거면 최상급 박스를 까는 게 나으니까.

"랜덤 상자? 완제품?"

고개를 갸웃거린 카이는 곧장 이벤트 보상 목록을 쭉 훑어봤다.

"아항."

공헌도를 이용해서 바꿀 수 있는 물건의 종류는 매우 다양했다.

'카테고리를 크게 나누자면 장비나 포션, 스킬 북 등으로 나눌 수 있겠어.'

여기서 재미있는 부분은, 각 카테고리마다 랜덤 상자라는 것이 존재한다는 것이었다.

'가령 공헌도 5포인트짜리 랜덤 상자에서는 레벨 제한 10에서 20까지의 장비가 나오지.'

그런 식이다. 공헌도 포인트를 많이 내는 상자의 경우에는 레벨 제한이 더 높아지고, 더 높은 등급의 장비가 나올 확률이 증가한다.

"물론 결과는…… 다들 망했네."

인증 게시글은 벌써 수백만 개인데, 레어 등급 이상의 아이템을 뽑은 유저들은 천 명도 되지 않는다.

극악의 확률!

'하지만 나온 아이템들을 보면 혹하긴 하네.'

같은 레어 등급이라도 다 같은 레어가 아니듯, 침공 이벤트 상자에서 나온 장비들은 그 가치가 뛰어난 편이었다.

"흠. 어떻게 해야 하나……."

자신의 공헌도라면 320레벨 제한의 유니크 완제품 장비를 1개 받을 수 있다.

지불해야 하는 공헌도는 딱 10만 포인트.

'하지만 랜덤 박스를 사면 훨씬 더 많이 살 수가 있지.'

카이가 고민을 하는 와중, 뒤쪽에서 부스럭 소리가 났다.

"으으으음……."

입고 있는 커다란 와이셔츠는 마치 로브처럼 바닥에 질질 끌린다. 헬릭은 한참이나 남은 소매로 졸린 눈을 부비고 하품을 하면서 카이에게 다가왔다.

그녀는 인간들의 세상을 구경하며 그들의 의복에 관심을

자주 가졌는데, 가끔가다 마음에 드는 것이 있으면 저렇게 만들어서 입기도 했다.

'음식은 못 만드는 것 같지만.'

하으아아암.

하품을 하며 입맛을 다시던 헬릭이 눈을 조그맣게 뜨며 카이를 쳐다봤다.

"앗, 간식이다."

"카이입니다."

이제는 자신을 숫제 간식 취급하는 그녀에게 투덜거린 카이가 자리에서 일어났다. 마지막으로 로그아웃한 곳이 천상의 정원이었기에 접속해서도 여전히 이곳에 있었다.

"아, 맞다. 헬릭 님."

"왜 부르느냐."

"저번에 저한테 축복 걸어주셨잖아요."

슬쩍 쳐다보니 아직도 지속시간이 나흘 가까이 남아 있다. 이 행운 축복의 효과가 확실하다면 랜덤 상자를 열어도 손해를 보지는 않을 터.

"음음. 나, 태양신 헬릭이 친히 내려준 축복이니라. 부디 유용하게 사용하도록."

"효과는 확실합니까?"

쫑긋.

헬릭의 귀가 쫑긋거리며 세워졌다. 작지만 그녀도 여자인지라, 카이의 목소리에 담긴 일말의 의심을 가감 없이 잡아냈다.

"지금 나를! 태양신 헬릭의 힘을 의심하는 것이냐?"

"아, 아니, 의심이라기보다는…… 효과가 어느 정도인지 궁금해서요."

"흥. 되었다."

볼을 부풀린 헬릭이 셔츠자락을 질질 끌면서 반대쪽으로 걸어갔다. 물론 다리가 훨씬 긴 카이의 보폭은 단 세 걸음으로 그녀를 따라잡았다.

"저 그럼 정말 헬릭 님 믿습니다?"

"그럼 나를 안 믿고 누구를 믿으려고 했느냐! 설마 다른 신을……?"

"아뇨, 확대해석은 하지 마시구요."

칼 같이 그녀의 말을 끊어낸 카이가 고개를 끄덕였다.

'헬릭이 이 정도로 확신한다면 효과는 의심할 필요 없겠지.'

이래 보여도 신이니까…….

"그럼 다녀올게요."

"앗, 올 때 케이크!"

카이는 자신을 배웅하는 헬릭에게 가볍게 고개를 숙이고는 글렌데일로 향했다. 날이 갈수록 북적거리는 거리에서 이벤트 NPC를 찾아낸 카이가 곧장 그에게 다가갔다.

"침공을 막은 용자님, 어서 오십시오. 용자님의 공헌도는…… 헉! 12만 점이 넘다니!"

눈이 휘둥그렇게 뜨며 소리치는 NPC의 반응에 주변 유저들의 시선이 몰렸다.

"뭐야, 뭔데?"

"저 사람 공헌도 12만 점 넘었대."

"어? 그럼 공헌도 랭킹 10위 안쪽일 텐데? 어디어디."

"잠깐, 저 사제복 어디서 많이 봤는데……."

"어어어어……! 카, 카이…… 언노운이다!"

순식간에 주변 유저들이 몰려들었다.

마치 공항에 방문한 아이돌이 된 것 같은 기분!

'주, 죽겠다.'

이렇게 많은 사람에게 이 정도의 관심을 이렇게 적나라하게 받아본 기억은 없다.

민망한 기분을 느끼던 카이에게 이벤트 NPC가 소리쳤다.

"빠, 빨리 원하시는 걸 말씀해 주시지요."

"그러니까……."

원래라면 조금 더 천천히 살펴보고 구매하려 했는데, 그 정도의 여유는 없어 보인다.

결국 카이는 속사포처럼 말을 뱉어냈다.

"최상급 무기 랜덤 박스 3개, 최상급 수수께끼의 스킬 북 3개

주세요."

"여기 있습니다!"

이벤트 NPC가 황급히 상자 여섯 개를 건네자, 카이는 자신에게 달려드는 인파를 보며 치를 떨었다.

'이거 원 가면이라도 하나 구해서 쓰고 다녀야 되나?'

다음 순간 신출귀몰을 사용한 카이의 신형은 거리에서 사라졌다.

"허억, 허억."

카이가 지친 한숨을 몰아쉬고 있자 옆에서 기웃거리던 헬릭이 물었다.

"케이크는 사 왔느냐?"

"아뇨, 그럴 정신이 없었어요."

"내가 사오라고 했……!"

"물론 헬릭 님은 자비와 선을 관장하는 분이시니 이런 일로 토라지시지는 않겠지요."

"무, 물론이니라. 고작 케이크 하나 못 사 온 것뿐이니……."

혼자 시무룩해하는 헬릭을 달랜 카이는 곧장 안고 있던 상자들을 바닥에 내려놨다.

[최상급 무기 랜덤 박스]

등급 : 레어

사용 시 300레벨 이상, 330레벨 이하의 무기 중 하나를 획득합니다.

[최상급 수수께끼의 스킬 북]

등급 : 레어

사용 시 매직 등급 이상의 스킬 북 중 한 가지를 획득합니다.

"후우……."

손바닥을 조심스럽게 비빈 카이가 헬릭을 힐긋 쳐다봤다.

"저 이제 이거 열 거예요."

"응? 그건 무엇이냐?"

"음…… 쉽게 설명하자면 제가 지닌 행운에 비례해서 좋은 물건이 나오는 상자예요."

"아하. 그럼 좋은 물건이 나오겠구나. 나의 축복을 받았으니까."

헬릭이 앙증맞게 팔짱을 끼고는 자리에 앉은 카이를 거만하게 내려다보았다.1

"자, 나의 종이여. 어서 상자를 열어보아라. 그리고 태양신의 위엄을 다시 한번 깨우치거라."

"예에…… 그럼 갑니다."

사제복의 소매까지 걷어붙인 카이가 침을 꿀꺽 삼키며 스킬 북 상자를 먼저 열었다.

번쩍!

광휘가 터져 나오는 것과 함께, 상자에 담겨져 있던 스킬 북 하나가 그 자태를 드러냈다.

[최상급 수수께끼의 스킬 북이 푸른색 광휘를 터뜨리며 정체를 드러냅니다.]

[축하드립니다. 스킬 북-다이아몬드 펀치(매직)을 획득합니다.]

"……."

이름부터 불안하다. 굉장히 불안하다.

'아니야. 뭐 신성 사슬 같은 것도 이름만 보면 굉장히 단순하잖아. 이것도…….'

실낱같은 희망을 놓지 않은 카이가 천천히 스킬 북의 설명을 읽어 내렸다.

[스킬 북-다이아몬드 펀치]

등급 : 매직

주먹이 다이아몬드로 바뀐다.

공격력 200% 상승.

1% 확률로 주먹이 깨지면서 다이아몬드 원석이 떨어진다. 주먹이 깨지면 사용자의 체력이 30% 감소한다.

재사용 대기시간 : 5분.

"……."

이제는 빛바랜 추억이 되어버린 기억의 저편. 그곳에 잠들어 있는 골드 펀치가 떠오르는 건 왜일까?

'이건 누가 봐도…… 꽝이잖아.'

매직 등급 이상의 스킬 북만 나오는 상자에서 매직 등급의 스킬 북이 나왔다. 심지어 성능도 최악!

카이는 그 즉시 고개를 돌려 헬릭을 쳐다봤다.

"히끅!"

그 따끔한 눈빛을 마주한 헬릭이 딸꾹질을 하며 그의 눈을 피했다.

"헬릭 님?"

"아…… 그…… 도박이란 건 다 그런 것 아니겠느냐. 그대의 재수가 더럽게 없으면 아무리 나라도 어쩔 수 없느니라."

"전 헬릭 님만 믿고 이 상자들을 산 건데……."

카이가 시무룩한 표정을 지으며 어깨를 푹 움츠리자 헬릭이 미안한 표정을 지었다.

"미, 미안하구나. 혹시 모르니까 한 번만 더 열어보거라. 이번에는 정말……."

그 말에 카이는 스킬 북 상자 하나를 곧장 오픈했다.

번쩍!

[최상급 수수께끼의 스킬 북이 푸른색 광휘를 터뜨리며 정체를 드러냅니다.]

[축하드립니다. 스킬 북-안력 강화(매직)를 획득합니다.]

'아, 망했다. 지난번에 힘의 영약 때 절대 도박은 안 하겠다고 맹세했는데…….'

안 좋은 결과가 연속으로 찾아들자 카이의 어깨가 더욱 내려갔다.

더군다나 목은 거북이처럼 앞으로 쭉 빠져나온 상황!

그 안쓰러운 모습을 바라보던 헬릭이 조심스럽게 그의 등을 토닥였다.

"미, 미안하구나. 혹시 남은 상자 하나는 내가 열어봐도 되느냐?"

"……헬릭 님이요?"

잠시 그녀를 쳐다보던 카이가 하나 남은 스킬 북 상자를 내밀었다.

"뭐, 그러세요."

솔직히 별다른 기대는 없었다. 그녀가 아무리 신이라고는 하지만, 그녀는 태양과 선, 자비를 관장하는 신.

'생각해 보니 헬릭에게 행운 버프를 받아봐야 효과가 있을 턱이 없잖아?'

그녀의 당당함에 깜빡 속아 넘어간 것이다. 행운의 신에게 행운 축복을 받았다면 모를까, 그녀는 태양의 신이거늘!

"이렇게 열면 되는 것이냐?"

헬릭이 마치 선물 꾸러기를 풀듯, 조심스럽게 상자를 열었다. 그러자 이때까지와는 비교도 되지 않을 정도의 빛이 터져 나왔다.

번쩌어어어억!

"부, 붉은색……!"

유니크다!

카이의 표정이 진정되기도 전에, 헬릭이 고개를 갸웃거리며 물었다.

"이런 것이 나왔다. 쓸 만한 것이더냐?"

"어…… 음…… 일단 줘보시겠어요?"

그녀에게서 강렬한 붉은 빛을 띠고 있는 스킬 북을 받아든 카이가 조심스럽게 이를 감정했다.

[스킬 북-랭크 업]

등급 : 유니크

고급 1레벨 이하의 모든 스킬에 적용 가능.

해당 스킬의 숙련도와 상관없이, 숙련도 레벨을 영구적으로 두 단계 상승시킨다.

"대, 대박이다!"

스킬 숙련도를 올리는 것이 처음엔 손쉽다. 초급 시절에는 스킬들을 열심히 사용만 해줘도 꾸준히 잘 오른다. 하지만 스킬 레벨이 중급으로 올라가게 되면 그때부터는 반복 사용만으로는 스킬이 올라가지 않는다.

'만약 반복 사용만으로도 숙련도가 올랐다면, 벌써 스킬을 마스터한 사람들이 나왔겠지.'

이 세상에는 지독한 사람들이 얼마든지 있는 법이니까.

하지만 미드 온라인의 스킬 레벨 상승은 그리 호락호락하지 않았다.

'중급 레벨부터는 스킬 자체에 대한 이해도가 높아야 돼.'

스킬의 응용을 시작해야 한다.

카이만 해도 여명의 검법이 중급 레벨일 때, 다양한 몬스터들과 싸우며 풍부한 경험, 전투법을 몸에 익혔다.

'덕분에 비르 평야 전투에서 무아지경에 빠졌을 때 겨우 스

킬 레벨이 고급을 찍을 수 있었지.'

스킬의 레벨이 고급의 영역으로 들어서게 되면 플레이어는 해당 스킬에 있어선 전문가나 다름없다. 이 스킬은 어떻게 사용해야 하는지, 어떤 식으로 사용할 수 있는지. 스스로 가능과 불가능의 경계를 뚜렷하게 구분할 수 있는 수준이다.

이때부터는 시간만이 모든 것을 해결해 주지 않는다.

'깨달음의 영역. 불현듯 찾아오는 무아지경의 연속.'

스킬 레벨 하나를 올릴 때도 엄청난 경험과 기연이 필요하다.

카이에게 있어선 이 또한 하나의 기연일 터. 그는 망설임 없이 스킬 북을 사용했다.

띠링!

[스킬 북-랭크 업을 사용하시겠습니까?]

[어떤 스킬의 레벨을 올리시겠습니까?]

"……여명의 검법."

짤막한 말을 내뱉는 것과 동시에 카이에게 어떠한 변화가 찾아왔다.

띠링!

[여명의 검법 스킬 레벨이 고급 2레벨로 상승합습니다.]

[여명의 검법 스킬 레벨이 고급 3레벨로 상승합습니다.]

단숨에 두 단계나 껑충 뛰어버린 스킬 레벨.

동시에 카이가 저도 모르게 자신의 몸을 움찔거렸다.

'……뭐지?'

슬쩍 두 손을 내려다보았지만 달라진 건 없었다. 몸을 이리저리 둘러보았지만 외형적인 부분이 바뀐 것도 아니었다.

하지만 자신의 감각은 계속해서 소리쳤다.

자신은 달라졌노라고.

'마치…… 힘 스탯을 한 번에 많이 올렸을 때와 비슷한 기분이야.'

겉모습이 바뀌지는 않았으나, 자신의 안에서 무언가 커다란 것이 뒤바뀐 듯한 기분이다.

그것은 일종의 감각이었다. 지금 손에 검을 쥔다면 무엇이든 베어버릴 수 있을 것 같은 감각.

'지금 당장 검을 휘둘러보고 싶어.'

근질거리는 마음은 자연스레 오른손이 검 손잡이를 움켜쥐게 만들었다.

강인한 의지의 롱소드. 히든 클래스로 추정되는 대장장이 플레이어가 만들어낸 말도 안 되는 검이다.

이 검을 처음 장착하게 된 지도 제법 시간이 흘렀다.

'하지만…… 느낌이 달라.'

불과 몇 분 전까지만 해도 익숙하던 검이 마치 새로운 생명체처럼 느껴진다.

'이건 깨달음?'

스스로의 노력을 통해 성취한 깨달음은 아니다. 시스템의 도움을 통해 억지로 경지를 끌어올린 격이다. 때문에 완전하지는 못하지만, 무언가를 깨닫기는 깨달았다.

'검이란 무엇일까.'

카이가 대번에 심각한 표정을 지었다.

검이란 사용하는 이에 따라 그 의미는 달라진다. 사랑하는 사람을 지키기 위한 도구일 수도, 약자를 약탈하기 위한 도구가 될 수도 있다.

하지만 공통적인 부분은 바로 적을 상대하기 위한 '무기'라는 것이다.

"무기라면 적을 베어야지."

스윽.

카이가 천천히 정원의 외곽을 향해 걸어갔다.

그 모습을 쳐다보던 헬릭이 경고했다.

"그, 그쪽은 위험하니라! 한 번 떨어지면 아무리 그대라도 죽음을……."

헬릭의 말이 들리지도 않는 듯, 천공섬의 끝자락에 선 카이는 자신을 뒤흔드는 바람을 그대로 맞으면서 내려다보이는 구름을 지그시 바라보았다.

'스킬 레벨의 마스터는 곧 경지의 완성을 의미하지.'

검술이 고급 10레벨을 달성한다는 건, 검술의 극의를 깨우친다는 소리다.

'판타지 소설이나 공상과학 영화에 나오는 소드마스터와 똑같은 경지야.'

흔히 일당천, 일인 군대라고 묘사되는 절대적인 존재들이다. 그렇다면 현재 검법이 고급 3레벨인 자신이라면 어떨까?

'아직 검의 극의를 논하기엔 한참이나 멀었지만…….'

스읏.

카이의 사제복이 살짝 나풀거리는 소리가 허공을 통해 주변으로 퍼져 나갔다. 더불어 청각이 예민한 엘프 정도가 아니라면 절대 알아차리지 못할 만큼의 소리도 함께 퍼졌다.

스릉…….

검이 뽑히는 소리였다.

'정말 조용해. 나조차 귀를 기울이지 않으면 들리지 않을 정도야.'

검을 다루는 실력 자체가 전과는 비교도 안 될 정도로 진일보했다는 뜻이었다. 그 사실을 깨달은 가볍게 검을 아래로 내리그었다.

그가 검을 휘두르면서 떠올린 것은 유하린이었다.

'그녀의 검은 부드럽고, 빨랐지. 그리고 조용했어.'

바람을 가르는 소리조차 나지 않을 정도로 조용했다.

우웅!

아쉽게도 카이의 검은 아직까지 무음(無音)의 경지에 도달하지는 못했다. 물론, 이전의 검격이 샷건을 쏘는 것처럼 굉음을 토해냈다면, 지금은 소음기를 장착한 권총을 쏘아내는 것처럼 조용했다.

파아아아아앙!

하지만 소리가 작아졌다고 위력이 약해진 것은 절대 아니었다. 오히려 고작 스킬 레벨 두 개가 올라갔다고는 믿기지 않을 정도로 대단한 위력을 뽐냈다.

뭉게뭉게.

반으로 갈라진 구름은 마치 이별한 연인들처럼 뒤도 돌아보지 않고 반대쪽을 향해 흘러갔다.

"후우."

갈라버린 구름 밑으로는 구름들이 더 있었지만 현재 수준으로 자를 수 있는 건 고작 하나. 하지만 멀리 있는 대상을 검이 만들어낸 풍압만으로 베어냈다는 건 굉장한 일이었다.

띠링!

[검에 대한 깨달음을 획득합니다.]

[패시브 스킬, 검풍(劍風)를 깨우쳤습니다.]

"검풍이라……."

여운에 잠긴 목소리를 뱉어낸 카이는 검을 소리 없이 갈무리하며 스킬 정보를 확인했다.

[검풍(劍風)]

등급 : 유니크

정신을 집중하여 검을 휘두르면 강렬한 바람이 일어나 원거리의 적을 강타합니다.

물리 공격력의 50% 대미지.

재사용 대기시간 : 없음.

'지금 내 정신력으로는 많이 사용하진 못할 거야.'

고작 한 번을 사용했을 뿐인데 머리가 살짝 지끈거린다.

한계는 최대한으로 잡아야 다섯 번 정도일 터. 적다면 적은 횟수였지만, 변수를 만들기에 충분한 횟수이기도 했다.

카이는 그대로 몸을 돌려 헬릭에게 다가가더니 허리를 꾸벅 숙이며 인사했다.

"헬릭 님, 정말 감사합니다."

"으, 응?"

아직 본인이 무슨 일을 저질렀는지 깨닫지 못한 헬릭이 눈만 깜빡였다.

"……갑자기 왜 이러는 것이냐?"

"헬릭 님이 상자를 열어주신 덕분에 좋은 가르침을 얻게 되었습니다. 역시 태양신이십니다."

"흐, 흐으응. 내가 뭐라고 했느냐. 나만 믿으면 된다고 했잖으냐."

자신의 간식…… 아니, 지상 대리인이 존경심을 표하자 헬릭이 콧노래를 흥얼거렸다.

누가 봐도 기분이 좋아진 듯한 모습!

"아니지. 이걸 겨우 말 몇 마디로 넘어가려는 건 도둑놈 심보 같습니다. 케이크를 각각 다른 맛으로 다섯 개 사드릴게요."

카이의 선언에 헬릭은 눈을 동그랗게 뜨면서 입을 쩍 벌렸다. 믿을 수 없다는 기색을 표한 그녀는 사시나무처럼 떨리는 목소리를 힘겹게 뱉어냈다.

"다, 다섯 개나……? 그것도 각각 다른 맛으로 말이더냐? 나는 신이니라. 신에게 거짓말을 하면 안 되느니라."

"거짓말이 아닙니다. 케이크 다섯 개. 그것도 각각 다른 맛으로. 약속드리겠습니다."

카이가 웃음을 지으며 말하자 헬릭의 입술이 씰룩거렸다.

그녀의 눈빛에는 기쁨이 일렁거렸지만, 카이의 앞이라 체면을 지키는 모습이 눈에 보였다.

"크, 크흐흥. 그럼 지금 당장 하계에 내려가 케이크를 사서……."

"자, 그럼 케이크를 사러 가야 하니 남은 일도 빨리 해치우지요."

"응? 남은 일? 무슨 일이 더 남았느냐?"

"상자 세 개가 더 남았잖아요? 헬릭 님께서 열어주세요."

카이가 최상급 무기 랜덤박스 세 개를 그녀에게 내밀며 웃었다.

"이것만 다 열면……."

"어유, 바로 케이크 사러 가야지요."

"기다리거라! 내 지금 당장 열어줄 테니!"

헬릭은 헤실헤실 웃으며 랜덤박스 세 개를 순식간에 개봉했다. 그녀가 기쁠 때마다 번쩍이는 금발의 머리카락은 빠르게 빛나며 광채를 터뜨렸다.

심지어 상자를 하나 열 때마다 휘황찬란한 빛이 번쩍이니, 흡사 클럽에 온 것 같은 기분!

'유니크 두 개와 레어 하나.'

만족스러운 미소를 지은 카이는 그녀에게서 물건을 건네받았다. 롱소드 하나와 벨트 하나, 마지막은 가죽으로 만들어진 신발이었다.

'우선 검부터.'

성능만 좋다면 자신의 새로운 애병이 될 터.

카이는 두근거리는 마음으로 정보를 확인했다.

[침묵하는 냉기의 롱소드]

등급 : 유니크

공격력 357~412

힘 +30

민첩 +20

설명 : 한때 북부 설산을 지배하던 빙제 율리시스가 즐겨 사용하던 것으로 유명한 검입니다.

착용 제한 : 레벨 315, 힘 1000.

내구도 100/100

[특수효과]

공격 시 3% 확률로 상대방을 침묵 상태로 만듭니다.

적의 같은 부위를 세 번 공격하면 해당 부위의 속도를 10% 감소시킵니다(최대 3회 중첩).

꾸욱.

검을 들어 올린 카이의 손끝이 파르르 떨렸다.

'생각해 보니 강인한 의지의 롱소드를 사용하기엔 내 레벨이 너무 높아지긴 했어.'

선행 스탯과 기타 사기적인 스킬들 덕분에 원체 강하다 보니 신경을 쓰지 못했을 뿐. 강인한 의지의 롱소드는 80레벨 제한의 무기다. 물론 괴랄한 착용 제한 조건이 있기에 성능은 웬만한 150레벨 제한의 검과 비슷한 정도지만, 그래 봤자 320레벨이 다되어가는 카이에게는 한참이나 못 미치는 수준이다.

'차갑다. 그리고 단호해.'

혹자는 고작 검 손잡이를 쥐고 대체 무슨 생각을 하는 것이냐고 물을 수 있겠지만, 카이는 정말로 그렇게 느꼈다.

'마치 도도한 여성을 마주하는 것 같아.'

비유하자면 설은영 같은 검이라고나 할까.

카이는 각도에 따라 푸른색과 은색을 번갈아 비춰주는 날카롭고 유려한 디자인의 롱소드를 쳐다보며 연신 감탄사를 흘렸다.

'손잡이 부분조차 마음에 들어.'

얼음으로 꽃을 조각해 놓은 손잡이 문양은 보고 있음에도 계속 눈이 갈 정도였다.

부웅, 부웅.

간단하게 검을 휘둘러 무게중심을 확인한 카이는 빙그레 웃었다.

'길들이려면 노력 좀 해야겠어.'

물론 큰 걱정이 되지는 않았다. 안 그래도 조만간 거인 한 마리를 무너뜨리려면 검을 휘두를 일이 많아질 테니까.

카이는 검을 바꿔서 장비하고는 다른 아이템들도 살펴봤다.

[거인의 허리띠]

등급 : 레어(세트)

방어력 1171

마법 방어력 1052

힘 +50

착용 제한 : 레벨 300, 힘 800, 체력 450.

내구도 100/100

"오, 거인 세트템인가."

부위마다 힘 스탯이 주력으로 달려 있는 세트 아이템으로, 총 여섯 부위로 이루어진 세트였다.

'뭐, 성의 니케가 있으니 이 세트를 모두 갖출 이유는 없지만……'

굳이 세트를 모두 모으지 않더라도, 부위에 달려 있는 힘 스탯이 높은 편이기에 단일 부위로 사용해도 하등 문제가 없는 아이템이었다.

'그럼 이제 마지막 유니크 아이템인가.'

카이는 유니크 아이템이라는 이름에 비해 살짝 촌스러워보이는, 보라색의 신발에 끝이 뾰족하게 올라와 있는 신발을 들어 올렸다.

[어릿광대의 신발]

등급 : 유니크

방어력 841

마법 방어력 841

민첩 +25

체력 +18

착용 제한 : 레벨 315, 지능 350, 민첩 350.

내구도 100/100

[특수효과]

30분에 한 번, 교란 스킬을 사용하여 반경 5미터 이내의 장소로 이동할 수 있습니다.

"음……?"

스킬의 설명을 읽던 카이가 고개를 갸웃거렸다.

'유니크 아이템인데 효과가 상당히 단순하다?'

그것도 보통 유니크 아이템이 아니다. 무려 태양신의 행운으로 뽑아낸 아이템이다. 게다가 저레벨 아이템도 아니고 무려 착용제한 315레벨의 장비.

'대쉬 효과가 달린 아이템은 굳이 이게 아니더라도 많은데…….'

쇠뿔도 단김에 뽑아야 하는 법.

카이는 거인의 허리띠와 어릿광대의 신발을 장비했다. 상의와 하의는 성의를 입고 있기에 다른 아이템으로 대체할 필요가 없지만, 벨트와 어깨 보호구, 신발이나 모자 등은 얼마든지 다른 아이템으로 바꿀 수가 있었다.

"흠. 꼴은 조금 우습지만……."

순백의 사제복에 무식하고 커다란 거인의 허리띠를, 게다가 보라색의 어릿광대 신발까지 신자 외형은 정말 웃기기 그지없었다.

'뭐, 중요한 건 성능이니까.'

카이는 자신을 구경하고 있는 헬릭에게 고개를 돌렸다.

"이제 케이크……."

"고란."

스르르륵.

스킬을 사용하는 순간, 카이의 신형은 마치 순간 이동을 하듯 헬릭의 뒤에서 나타났다.

"……!"

대쉬 기술이 아닌 순간 이동기!

비록 재사용 대기시간이 30분이라지만 이건 웬만한 유니크 등급의 스킬을 하나 얻은 것과 동일한 수준이었다.

'아니, 잠깐……?'

게다가 그것으로 끝이 아니었다.

자신이 있던 장소에는 자신이 이동하기 전의 모습이 그대로 잔상처럼 남아 있었다.

'1, 2, 3……'

잔상은 3초가 지나자 물감처럼 번지며 그대로 사라졌다.

'상대방의 허를 찌를 수 있는 순간이동기와 더불어 잔상까지……'

그야말로 미드 온라인에 존재하는 최고 수준의 유니크 장비!

카이는 그대로 헬릭에게 달려가 그녀를 번쩍 안아 올렸다.

"오구오구, 우리 헬릭 님. 오늘따라 왜 이렇게 존경스러우실까?"

"뭐, 뭐하는 짓이냐! 어서 내려놓거라! 태, 태양신의 위엄이……"

"너무 존경스러워서 올려다보고 싶은 심정입니다. 조금만 더 올려다볼 수 있게 해주세요."

"그, 그런 뜻이었느냐?"

결국 카이에게 설득당한 헬릭은 비행기를 10분이나 더 타고 나서야 바닥에 내려올 수 있었다.

62장

밟아 죽이기

[카이]

[직업 : 태양의 사제]

[레벨 : 318]

[칭호 : 신의 대리자]

[생명력 : 50,900]

[신성력 : 120,900]

[능력치]

힘 : 1,221 / 체력 : 509

지능 : 386 / 민첩 : 389

신성 : 1,209 / 위엄 : 336

선행 : 203

독 저항력 +30

마법 저항력 +40%

자연친화력 +200

악마/언데드에게 주는 피해 +50%

"괜찮은데?"

겸손한 카이는 괜찮다고 말했지만, 사실 이런 수준의 상태창을 괜찮다고 평가하는 건 실례다.

위엄 스탯을 포함하여 총 스탯이 4천이 넘어가는 괴수 중의 괴수!

"그럼 가볼까."

천상의 정원을 벗어난 괴물은 텔레포트 게이트를 이용했다. 그가 향한 곳은 초보자 사냥터로 유명한 샤린이었다.

'이곳에서 시작하면 100레벨까지는 굳이 이동을 하지 않아도 되지.'

그만큼 다양한 종류의 몬스터들이 레벨 별로 골고루 분포된 곳이다.

초보자들에게는 꿈의 도시라 불리는 곳 중 하나!

하지만 모든 초보자들이 이곳에서 시작하기에는 여건이 썩 좋지가 않다.

'이곳은 타이탄 길드가 꽉 잡고 있으니까.'

사냥터 독점. 일반 유저들이 가장 싫어하면서도, 동경할 수밖에 없는 강자들의 권리다.

샤린 도시를 베이스로 삼은 타이탄 길드는 후진 양성에 힘을 쏟았다.

'지난번과 나와 함께 싸웠던 놈들은 길드의 최정예들. 하지만……'

10대 길드의 무서움은 단순히 랭커들이 많이 포진되어 있다는 것만이 아니다.

'세계적인 스폰서에게 협찬을 받아 굴릴 수 있는 자금의 액수부터 달라.'

그리고 그 자금을 바탕으로 재능있는 플레이어들을 유혹한다. 대개 미끼는 장비나 성장 지원같은 직관적인 것들이다.

'타이탄 정도의 크기라면 루키만 수천 명을 키울 수는 있을 거야.'

물론 실제로 그렇게 키우지는 않을 것이다. 최전방의 메인 퀘스트나 랭커들의 성장을 고려하면서 키울 수 있는 루키는 최대 수백 정도일 터.

'흑룡 정도 덩치라면 수천 명이 가능하겠지만…… 타이탄은 아니지.'

한 마디로 타이탄 길드에 소속된 저레벨 유저들은 많아봐야 수백 명이다.

"카오틱 수치가 제법 쌓이긴 하겠지만……."
카이는 자신의 태양교 공헌도를 슬쩍 확인했다.

[태양교 공헌도 : 417,758]

"와우."
무려 40만이 넘는 공헌도다.
초보자 시절 때부터 착실하게 남을 도우고, 보상을 쟁취하면서 쌓아 올린 공헌도!
'듣기로는 공헌도로 면죄부도 살 수 있다고 들었으니, 어떻게든 되겠지.'
알버트 교황의 호감도가 높은 상태이니 그 부분은 놀라울 정도로 걱정되지 않는다.
"자, 그럼 타이탄 길드원들을 찾아볼까."
카이가 그들을 찾아내는 건 절대 어렵지가 않았다.
'아주 광고를 하고 다녀라, 광고를 하고 다녀.'
어깨와 목에 빳빳하게 들어가 있으면서, 가슴에 주먹 모양을 달고 있는 유저들. 그들의 공통점은 주변의 다른 유저들을 깔보는 시선을 지니고 있다는 것이었다.
'찾았다.'
자신의 첫 번째 먹잇감을 발견한 카이는 후드를 깊게 눌러 쓰고는 조용히 그들을 따라갔다.

"마, 마스터!"

"……."

문을 부술듯한 기세로 들어오며 호들갑을 피우는 부 마스터의 행태에 골리앗이 눈을 찌푸렸다.

"무슨 일이지?"

까칠하게 되묻는 그의 목소리에서는 불쾌함과 함께 전에없던 거리감이 느껴졌다.

그건 최근 그의 심리 상태와 큰 연관이 있었다.

'이놈이고 저놈이고…… 쓸만한 놈이 없군.'

무려 150명이나 되는 정예 길드원들을 끌고 카이를 치러 갔는데도 패배했다. 몇 명이 남아 있다 한들 자신이 죽었다면 그 싸움은 패한 것이다.

만약 그 사실이 기사로 나가기라도 한다면, 길드와 자신의 명성은 바닥에 떨어질 테니까.

'카이 녀석. 대체 무슨 생각인 거지…….'

그 뒤로 골리앗은 매일매일 인터넷만 뚫어지게 쳐다보고 있었다. 카이가 언제, 어떤 방식으로 그 사실을 공개할 것인지 불안해서 잠도 잘 오질 않았다. 신경은 날이 갈수록 예민해졌고, 그의 정신 상태를 크게 좀먹고 있었다.

"음……."

타이탄 길드의 부 마스터이자 창술사 랭커인 샌지는 그 사실을 누구보다 잘 알고 있었다.

강렬한 권위로 부하들을 휘어잡던 골리앗이 흐트러지자, 타이탄 길드도 흔들리기 시작했으니까.

'이대로는 곤란해.'

골리앗이 계속해서 이러한 상태라면 세계 10대 길드의 자리를 빼앗기는 것도 시간문제라고. 샌지는 그렇게 판단했다.

'제발 이 소식이 마스터의 정신을 되돌려주기를.'

그렇게 간절히 소망하며, 샌지가 황급히 입을 열었다.

"길드의 뉴비들이 학살당하고 있습니다."

"……뭐?"

샌지의 보고에 골리앗이 커다란 눈을 깜빡이며 그 말을 되뇌었다.

"지금 무슨 말을 하는 거지? 감히 어떤 간 큰 놈들이 우리 길드를 건드린다는 거지?"

골리앗의 주먹이 흥분으로 부르르 떨렸다.

그 모습을 차분히 쳐다보던 샌지가 조용히 말을 이었다.

"아시잖습니까. 지금 시점에서 저희를 건드릴 놈들은 하나뿐이라는 것."

"……카이!"

콰아아앙! 와드득!

골리앗의 주먹이 책상을 강하게 내려치자 내구도가 다한 책상은 그대로 부러졌다.

'그래. 그놈이 이렇게 얌전히 있을 리가 없지.'

자신은 맹수다. 그렇다면 자신이 위험하다고 느낀 녀석 또한 맹수다.

'그래. 포식자의 피를 타고난 새끼가 가만히 넘어갈 리가 없지.'

항상 자신의 능력을 보여주어 감히 덤빌 생각도 못 하게 만드는 것. 자신을 보호하는 방법으로써는 그것이 최고이다.

하지만 그럼에도 불구하고 한 대를 먼저 맞았다면?

'몇 배로 돌려줘야지.'

누구도 자신을 두 번 다시 건드릴 수 없게끔 철저히 밟아놓아야 한다.

골리앗은 단번에 카이의 의중을 파악할 수 있었다.

"씨를 말리려 하는군."

"예. 아시다시피 저희 길드는 4명씩 한 조로 묶어서 활동합니다. 그건 육성하고 있는 루키들도 다르지 않습니다. 초보자일 때부터 서로 호흡을 맞추고 친해지라는 의도가 있는……."

"시끄럽군. 그래서 몇 개조나 당한 거지?"

"샤린 시에서 7개 조가 당했습니다."

"28명이라…… 하긴, 놈의 레벨을 생각하면 당연한 건가. 그래서 놈의 위치는?"

"정보부는 놈이 아직 샤린 시 인근의 사냥터에 있다고 파악하고 있습니다."

"정확한 위치 파악해."

자리에서 일어난 골리앗이 인벤토리에서 장비들을 꺼내 하나씩 장착하며 말했다.

그 모습을 가만히 쳐다보던 샌지가 걱정스러운 목소리를 조심스럽게 뱉어냈다.

"저…… 혹시 직접 가실 생각이십니까? 제가 애들을 직접 지휘할 테니 마스터께서는 기다리시는 편이……."

"왜, 내가 또 질 것 같나? 놈에게?"

골리앗의 커다란 눈동자이 살기로 번들거렸다. 미드 온라인은 게임일 뿐이지만, 그들에게는 인생이나 다름없다.

'내가 여기까지 어떻게 왔는데. 한 번 졌다고 모든 걸 내려놓고 예전처럼 돌아가라고?'

밟고, 밟고, 또 밟고. 약자들의 머리를 짓밟고 강자들의 발목을 물어뜯으며 겨우 차지한 자리다.

'절대 네 맘대로 되진 않을 것이다.'

지난번에는 몰랐기에 당했다.

'분신. 그것만 조심하면 된다.'

실제로 분신이 나오기 전까지는 자신이 카이를 몰아붙이고 있었다.

'놈이 바로 분신을 쓰지 않을 걸 보면, 발동 조건이 까다롭거나 리스크가 큰 스킬일 터.'

차분히 버티면서 약점을 찾고, 이번에야말로 놈을 때려 부수리라.

골리앗이 각오를 다짐하고 있을 때, 띄워놓은 커뮤니티 창에서 알림이 울렸다.

"음?"

자신이 팔로우하고 있는 사람 중 하나가 새로운 게시글을 올렸을 때 나오는 알림음이다.

골리앗이 눈살을 찌푸리며 커뮤니티 창을 끄려던 찰나, 아이디가 그의 눈길을 사로잡았다.

'가만, 이건…… 언노운. 카이의 아이디!'

녀석이 뭔가 새로운 글을 올렸다!

심지어 눈앞의 샌지도 뭔가 알림이 온 듯 황급히 커뮤니티 창을 열었다.

"마, 마스터."

"조용히."

말을 더듬는 샌지를 침묵시킨 골리앗은 카이가 게시한 글을 천천히 읽어내렸다. 글을 읽는데 긴 시간이 걸리진 않았다. 카이가 게시한 글은 매우 짧았고, 초등학생도 이해하기 쉬울 정도로 직관적이었으니까.

[제목 : 이 시간부로 타이탄 길드원에게 척살령을 내린다.]

"크…… 크크크……."

글을 읽은 골리앗이 어깨를 들썩거리며 웃기 시작했다.

"정말이지 볼 때마다 건방진 놈이라는 걸 다시 깨닫게 해주는군."

웬만한 길드조차 척살령을 내릴 땐 신중에 신중을 기한다. 애초에 게임에서 척살령이라는 문화 자체가 그리 환영받는 존재는 아니기 때문이다.

'일반 유저들은 척살령이라는 존재를 눈꼴시렵게 볼 수밖에 없지.'

거대 길드가 강력한 힘으로 일개 유저나 약소 길드를 압박하는 폭력 행위. 그것이 여태까지 내려오던 척살령의 뜻. 약자는 철저하게 당할 수밖에 없는 사형 선고와 다름이 없다. 하지만 이번에는 주체가 바뀌었다.

-카이? 강하긴 해도 혼자잖아? 그런데 세계 10대 길드 중 하나인 타

이탄을 상대로 척살령?

└혹시 이번에도 엘프, 인어들과 함께 싸우려는 셈인가?

-비르 평야 전투로 주가가 가장 높은 이때에 왜 이런 무리수를? 비하인드 스토리가 있을 듯.

-궁금하긴 하다. 결과가 어떻게 될까?

└당연히 타이탄이 이기지. 개인이 길드를 어떻게 이겨?

맞는 말이다. 개인이 길드에게 척살령을 내리는 행위는 다른 사람이 했다면 미친놈 소리를 듣고 끝난다. 하지만 그런 무리수를 던진 건 다름 아닌 카이였다.

"마, 마스터. 이건 아무리 봐도 함정입니다. 차라리 개소리로 치부하고 대응하지 않는 편이……."

"멍청한 녀석. 이건 협박이나 다름없다."

샌지를 꾸중한 골리앗은 커뮤니티 창을 꺼버렸다.

"놈은 지금 타이탄을 밟지 못해 안달이 난 상황이다. 저 메시지에는 크게 두 가지 의중이 있지."

"두 가지 말입니까?"

"그래. 하나는 우리 길드원들에게 보내는 경고다. 놈은 척살의 대상을 타이탄 길드원으로 한정했어. 즉, 길드를 탈퇴하면 괴물의 마수는 벗어날 수 있겠지."

"정말로 탈퇴하는 놈이 있다면 저희 쪽에서 가만히 있지 않을 겁니다."

"글쎄. 자신이 있나 보지."

타이탄을 뒤흔들어서 탈퇴한 이들은 신경조차 못 쓰게 만들 정도의 자신이.

"그럼 놈의 두 번째 의중은 무엇입니까?"

"척살령을 커뮤니티에 공개적으로 써놓은 이유가 또 무엇이 있겠나. 놈은 판을 크게 키우고 싶은 거다. 지난번처럼 비밀리에 진행된 전쟁 따위가 아니라, 모두의 시선이 집중된 상태에서 우리를 짓밟고 싶은 거지."

물론 카이가 부르는 대상이 누군지는 묻지 않아도 뻔하다.

"나를 부르고 있는 거다."

"진짜 웃기네."

막 타이탄의 조 11개를, 그러니까 44명을 해치운 카이가 피식 웃었다.

'카오틱이 안 됐다고?'

미드 온라인에서 카오틱이 되는 조건은 무척이나 간단하다. 필드에서 다른 유저를 먼저 공격하면 카오틱 수치가 쌓이게 된다. 그런 식으로 카오틱 수치가 쌓이게 되면 점점 머리 위에 이름이 떠오르게 된다.

본래 미드 온라인에서는 닉네임이 비공개라는 것을 생각하면 굉장한 페널티다. 물론 페널티가 그것으로 끝나지는 않는다.

'죽으면 장비한 아이템 중 하나, 인벤토리에서 아이템 하나를 반드시 떨어뜨리지.'

게다가 접속 불가 시간도 3일에서 9일로 늘어나고, 하락하는 경험치도 카오틱 수치에 따라 대폭 증가하게 된다. 심지어 근처에 다른 유저가 있으면 로그아웃조차 할 수 없다.

'그런 페널티까지 전부 짊어질 각오를 하고 벌인 일인데 말이지.'

카이는 미묘한 표정으로 메시지 로그를 확인했다.

…….

[셉팀 님을 처치했습니다.]

[로지 님을 처치했습니다.]

[헬릭이 깜짝 놀란 표정으로 상황을 지켜보고 있습니다.]

[그녀는 지난 날 타이탄 길드가 당신을 먼저 공격한 사실을 기억해 냈습니다.]

[타이탄 길드를 향한 당신의 공격이 '정당방위'로 설정되었습니다.]

"……땡큐, 마이 갓."

이 사랑스러운 여신은 다시 한번 자신의 신도를 편애했다.

4계절의 변화가 뚜렷한 샤린 시는 사시사철 날씨가 맑고 쾌청하다. 하지만 가끔씩 비가 오는 날이면 유독 먹구름이 많이 끼고 굵은 빗방울이 떨어졌다.

콰르르르르르릉!

듣는 이의 간담을 서늘하게 하는 천둥 번개는 덤.

"흐음. 처음 왔을 때 먹구름이 좀 보인다 싶더니…… 그 짧은 시간에 이렇게 되나?"

카이는 구멍이라도 뚫린 듯 엄청난 폭우를 쏟아내는 하늘을 올려다봤다.

이미 초원 필드 중 지대가 낮은 곳은 물에 잠긴 상태.

'이런 날씨에 사냥을 하는 놈들은 없겠지.'

미드 온라인의 캐릭터도 온도 차이를 느낀다. 용암 지역에 갈 때 보호복을 제대로 입지 않으면 화상 디버프에 걸려 지속적으로 체력이 빠진다. 그건 설산 지역을 갈 때도 마찬가지다. 추위와 동상 디버프에 걸리지 않으려면 따뜻한 털 옷을 입어주어야 한다.

'이렇게 차가운 비를 많이 맞으면 감기 걸리니까 말이야.'

물론, 태양의 사제인 카이는 어떤 상태 이상에 걸리더라도 큰 문제는 없다. 햇살의 따스함으로 디버프를 해제해 버리면 그만이다.

"뭐, 급한건 타이탄 놈들이니 알아서 하겠지. 그나저나 감각이 좋아진 것 같긴 한데……."

카이는 허리춤에 달려 있는 칼을 스윽 내려다보며 중얼거렸다.

고급 3레벨로 껑충 올라선 여명의 검법 스킬은 확실히 대단했다.

'검이 가벼워.'

이전에도 검이 무겁다고 느껴질 정도의 무게는 아니었다.

하지만 팔에 납덩이를 둘러놓은 것처럼 가끔씩 움직임이 답답한 경우가 있었다.

'이제는 왜 그랬는지 알 것 같아. 훤히 들여다보여.'

나무에도 결이있고, 고기에도 결이 있듯, 공기에도 결이 있었다. 결이 아닌 곳을 억지로 비집고 들어가면 당연히 바람을 탈 때보다 훨씬 큰 힘이 들어간다.

'나는 여태까지 적의 어느 부위를 언제 공격해야 하는지만 신경 쓰고 있었어.'

그건 카이뿐만 아니라 대부분의 유저들이 그렇다. 누가 게임을 하면서 장비한 무기 따위에 큰 신경을 쓰겠는가.

'하지만 유하린은 나보다 스킬 레벨이 높아.'

그녀가 왜 천재라고 불리는지를 알 수 있는 대목이었다.

'나는 검을 어떤 식으로 휘둘러야 가장 효율적이고 강력한지를 생각해 본 적이 없지만…… 그녀는 있나 봐.'

그러니 무음(無音)의 검을 지닐 수 있었을 터.

'이거 헬릭 님한테는 정말 감사해야겠는걸.'

만약 그녀로 인해 스킬 레벨이 올라가지 않았다면 평생 고급 1레벨에 머물러 있었을지 모른다.

'검을 휘두르는 건 팔만 중요하다고 생각했는데…….'

그게 아니었다. 발목에서 일으킨 힘을 종아리, 허벅지와 골반 같은 통로를 이용해 검까지 실어날라야 한다. 그 사이에서 손실되는 힘이 크면 검의 위력은 약해지고, 느려진다.

'반대로 그 힘을 고스란히 간직할 수 있다면…….'

같은 내려치기라도 그건 더 이상 같은 공격으로 치부할 수가 없게 된다.

'초보자들을 상대로는 제대로 실험해 보지 못했어.'

애초에 자신에게 대항조차 할 수 없는 약자를 괴롭히는 건 카이의 방식도 아니었다. 하지만 이렇게 강하게 나가지 않는 이상 타이탄을 밟을 수는 없기에, 카이는 마음을 독하게 먹었다.

'50명 정도 로그아웃시켰으니…… 이제 슬슬 위치는 파악했겠지.'

카이는 마치 헨젤과 그레텔처럼 흔적을 남기며 한 방향으로 이동했다. 마치 자신의 위치를 숨길 생각이 아예 없는 사람처럼 의도적으로 위치를 흘렸다.

"몇 명이나 오려나."

지난번에는 150명이 왔었다.

'골리앗을 먼저 처치하여 겨우 이길 수는 있었지만…….'

만약 골리앗이 몸을 사렸다면?

타이탄의 랭커들이 듀라한의 공격을 몸으로 받으면서까지 자신에게 달려들었다면?

'생각해 보면 위험한 순간이었지.'

그들이 조금만 다른 선택을 했어도 결과는 바뀌었을 것이다.

'하지만 이제는 달라.'

자신이 있다.

평균 공격력 163짜리 검에서 적정 레벨의 평균 공격력 384의 검으로 바꾸었다.

단순 계산만으로도 2배가 넘게 올라가는 공격력!

'강인한 의지의 롱소드에 달려 있던 불파(不破) 능력도 매력적이었지만…… 침묵하는 냉기의 롱소드에 달린 옵션들이 훨씬 전투적이야. 공격력은 두말할 것도 없고.'

지난번과는 스펙부터 다르다. 물론 그들은 수준이 비슷할 것이다.

'아무리 뛰어난 랭커라고 해도, 천운이 따르지 않는 이상 나

처럼 단기간에 강해질 수는 없겠지.'

툭, 투툭.

"흥, 흐으흥."

콧노래를 부르며, 손가락으로는 검 손잡이를 박자에 맞춰 두드렸다. 카이는 아무도 없는 사냥터에서 그렇게 외로움을 달래고 있었다.

그러기를 잠시, 그가 함께 놀자고 불렀던 친구들이 하나둘 모습을 드러내기 시작했다.

'수는 지난번보다 조금 많은가?'

200명 정도.

'최전방에서 활약하는 놈들까지 싹 다 긁어서 데려온 모양이네.'

타이탄 쪽에서도 이번 싸움에 사활을 걸었다는 것이 그들의 표정에서도 느껴질 정도였다. 물론, 장비를 보니 레벨이 조금 부족한 이들도 제법 보였다.

'머릿수를 보고 위축이라도 받았으면 싶은 건가? 귀엽네.'

정말 귀엽게 느껴질 정도의 얕은수다.

"그럼 이제 시작해 볼까."

가볍게 목을 돌린 카이는 인터페이스 창을 켰다.

'어디 보자…….'

자신이 찾던 항목을 찾은 카이가 씨익 미소를 지었다.

그릭 랜시는 미국 서부 시애틀에 사는 미드 온라인 플레이어였다. 한국이 화창한 오후일 때, 그가 사는 도시는 곧 다가올 일출의 소리를 기다리고 있다.

"끄응. 언노운이 타이탄과 한판 붙는다니. 정말 빅 이벤트가 따로 없는데 말이지……."

언노운, 카이가 샤린 시에서 타이탄 길드원들을 척살하기 시작했다는 사실이 커뮤니티에 올라왔다. 때문에 지금 당장 샤린 시로 가겠다는 사람들이 줄을 이었다.

'언노운의 싸움을 실시간으로 볼 수 있다면 그 또한 최고의 경험이겠지.'

여태까지 그는 자신의 싸움을 실시간으로 공개했던 적이 단 한 번도 없었다. 솔로 플레이를 지향하는 덕분에, 그가 싸우는 모습을 실제로 본 사람은 그리 많지 않았다.

"그래도 아침에는 출근을 해야 하니 그만 자야겠지."

지금 당장 게임에 접속해 샤린 시로 달려가고 싶은 마음을 겨우 참아낸 그릭은 한숨을 내쉬며 컴퓨터를 껐다.

'핸드폰으로 뮤튜브나 보다가 자야겠어.'

불을 끄고, 이불을 폭 덮은 채 핸드폰을 들어 올린 순간. 그는 자신의 핸드폰이 토해낸 알림창 하나에 눈만 깜빡거렸다.

[hwj1004님께서 실시간 방송을 시작하였습니다!]

"hwj…… 1004? 이게 누구 계정이더라."

그릭이 고개를 갸웃거리며 기억을 더듬었다.

'내가 즐겨찾기로 지정해 둔 사람 중에 이 시간에 실시간 방송을 할 만한 사람은 없는데…….'

호기심에 저도 모르게 방송 시청을 누른 그릭의 눈이 커다래졌다.

"오, 마이 갓!"

시애틀의 적막한 새벽이 약간이나마 시끄러워졌다.

-지금 내가 꿈이라도 꾸는 거야?

└진정해, 넌 지극히 정상이야. 그건 나도 마찬가지일 거고. 그러니까 언노운이 이상한 거야.

-다들 왜 이리 호들갑이야? 평소와 같은 언노운이잖아.

└하긴, 평소에도 예측할 수 없는 놈이긴 했지…….

└그렇게 생각하니까 정말 마음이 편안해지네.

ㄴ뭐야. 그럼 그냥 평소의 언노운이잖아?

잠깐 동안 혼란에 빠져 있던 유저들은 빠르게 마음의 평화를 되찾았다. 그리고 열광했다.

'언노운이 실시간 방송이라니!'

'여태 이런 적은 단 한 번도 없었는데!'

'이걸 이 타이밍에 터뜨려 주다니?'

'아직 새해도 아닌데 이런 선물을 받을 줄이야.'

언노운이 실시간 방송을 켜는 것은 처음이었지만, 그 여파는 굉장했다.

-야야, 이거 시청자 수 실화야?

ㄴ방송 켠 지 1분만에 52만 명? 심지어 계속 들어오고 있으니 밀리언은 확정이네.

ㄴ현재 전 세계에서 가장 잘 나가는 스타니까 이해는 되지만…… 무서울 정도의 영향력이긴 해.

-그나저나 타이탄 놈들 머릿수 뭐야? 이제 정말 자존심이고 뭐고 없는 건가?

ㄴ거의 200명은 되겠는데?

ㄴ아니, 길마라는 골리앗은 평소에 멋있는 척은 다하더니 앞에서 안 싸우고 뒤에서 뭐한대?

일반 유저들이 보기에는 이해가 안 되는 모습일 수밖에 없다. 상황만 놓고 보면 잔뜩 긴장한 타이탄 길드원 200명보다, 카이가 훨씬 차분해 보였으니까.

'방송은 잘 나오는 것 같고.'

확인을 끝마친 카이는 그제야 시선을 앞으로 던졌다.

'골리앗 녀석. 많이 창피할 거다.'

놈도 지금쯤 자신이 실시간 방송을 켰다는 것을 알아챘을 터. 하지만 녀석은 아직까지 앞으로 나오지 않고 있었다.

'충격이 너무 컸나?'

지금 카이와 1대1 대결을 해서 패배하면 정말 모든 것이 끝난다. 실시간으로 방송을 보는 52만 명은 물론, 내일이면 모든 사람이 그 사실을 알게 될 것이다.

'그러니 부하들 먼저 내보내서 보스 역할 좀 해보시겠다?'

카이에게도 그리 나쁜 소리는 아니었다.

'그럼 이참에 감이나 좀 잡아볼까.'

부드럽게 검을 뽑아낸 카이는 마치 산보라도 가는 사람처럼 차분하게 걸어나갔다.

"……놈을 죽여."

얼굴을 잔뜩 일그러뜨린 골리앗은 태연한 표정으로 다가오는 카이를 쳐다보며 명령했다. 그와 동시에 200여 명의 타이탄 길드원들이 각자의 무기를 꼬나쥐고 카이에게 달려들었다.

'저번에도 느꼈지만, 짜증 나는 포지션 1위는 사제야.'

2위가 마법사고, 전사는 고작 3위에 불과하다!

그 사실이 카이의 발걸음을 사제에게 향하게 만들었다.

"놈이 사제를 노린다!"

"같은 실수를 반복하지 마라!"

"탱커들은 앞에서 벽을 쳐!"

"마법사들은 뒤 지원! 그사이에 전사들이 뒤로 돈다!"

4인 1조로 움직이는 타이탄 길드원들의 움직임이 활발해졌다.

'한 번 패배하고 나니 정신이 번쩍 들었나 본데?'

지난번과는 비교도 되지 않을 정도로 기민한 움직임의 연속이다. 카이는 순식간에 자신의 뒤를 덮치는 전사들의 몸놀림에 작게 감탄했다.

"죽어라, 괴물 같은 새끼야!"

"거울이나 보고 말 하시지."

근육이 울퉁불퉁한 전사 하나가 제 몸집처럼 거대한 그레이트 소드를 강하게 내려쳤다. 그의 동작을 끝까지 쳐다본 카이는 이미 분석을 끝낸 상태였다.

'동작이 형편없어.'

공기의 결을 타기는커녕, 오직 두 팔의 힘으로 무식하게 검을 휘두른다.

'맞을 턱이 없지.'

다음 순간 카이의 검을 쥐고 있는 오른팔이 빠르게 튀어나갔다. 그의 오른팔은 고정된 몸과는 별개의 생물처럼 움직이며 그레이트 소드의 검신을 강타했다.

카앙!

"크, 크윽?"

전사는 지난번에 상대했을 때와는 비교도 안 될 정도의 반응에 크게 당황했다.

'이게 지난번의 그 언노운이라고? 아닌데!'

겉모습만 똑같이 생긴, 전혀 다른 존재를 상대하고 있는 기분이다.

그때는 카이도 자신들을 상대함에 있어 필사적이었다.

그건 결코 착각이 아니었다.

실제로 카이는 유체화를 사용할 정도로 궁지에 몰렸었으니까.

'하지만 지금은…… 대체?'

마치 통달한 사람처럼 무심한 눈으로 사방을 점한 전사들의 움직임을 꿰뚫어 본다. 그리고 다음 순간, 최적의 타이밍에 최선의 움직임을 보여준다.

창, 차차차창!

그가 검을 한 번 휘두를 때마다 타이탄 전사들의 공격은 맥없이 튕겨 나갔다.

"젠장! 대체 그사이에 무슨 일이 있었길래……!"

"공격력도 이상해! 우리가 알던 그 카이가 아니다!"

"이 녀석…… 설마 지난번에는 힘을 숨긴 건가……!"

"무서운 놈! 독한 놈!"

카이는 굳이 그들의 오해를 풀어줄 생각이 없었다. 오히려 그는 방어적으로 전투에 임하며 고급 3레벨의 검술을 열심히 연습하는 중이었다.

'공기의 결을 타고 휘두른다. 공기를 거스르지 않는다.'

둘은 마치 탱고를 추는 커플처럼, 한 몸처럼 움직여야 진정한 힘이 나오는 관계!

카이가 무언가를 깨닫는 순간, 그의 검은 마치 2배속으로 돌린 것처럼 빠르게 쇄도했다.

카아앙!

"커억!"

달려오던 전사 하나가 난데없이 튀어나온 카이의 검에 머리를 얻어맞았다.

'이게 대체 무슨 속도…… 아니, 그게 전부가 아니라……!'

말도 안 되는 속도도 속도지만, 컨트롤이 대단하다.

투구의 이음새를 정확하게 절단하여 투구를 강제로 해제시켜 버린 것!

그 모습을 쳐다보던 주변의 전사들이 침을 꿀꺽 삼켰다.

'우, 운이겠지?'

'어쩌다 한 번 정도 얻어걸린 걸 거야.'

'저런 행운이 계속해서 찾아들 리는 없지.'

하지만 그들의 바람이 무색하게도, 카이의 검은 점점 더 빠르고, 정교해졌다.

'이렇게, 이렇게.'

우웅, 우웅!

카이의 몸이 현란하게 움직일 때마다 그의 검은 빗방울들을 절삭하며 적들에게 날아갔다.

그때마다 파괴, 해제되는 상대방의 장비!

"후우우……."

약 5분 가량의 연습을 마친 카이가 깊은숨을 내쉬었다.

그는 자신을 괴물 보듯 바라보는 전사들의 눈동자에서 한 가지 감정을 읽어냈다.

'공포?'

왜일까 생각을 하다가도, 저들의 입장을 생각해 보면 피식 웃음이 흘러나온다.

'왜인지는 알 것 같다.'

감히 항거할 수 없는 실력의 소유자.

저들의 눈에는 자신이 그렇게 보일 것이다.

'나는 지금 무엇이든 벨 수 있다.'

스스로가 풀 튜닝을 마친 스포츠카라도 된 듯한 기분이다.

카이는 검을 길게 늘어뜨리며 주변을 스윽 돌아봤다.

그리고 확신했다.

'나이트 오브 나이트메어는…… 지금은 필요치 않겠어.'

카이의 눈동자가 빠르게 굴러갔다.

'블랙 쉬르본 세트. 다른 건 몰라도 물리 방어력 하나는 끝내주게 높은 녀석이지.'

'푸른 선지자의 로브랑 폭주하는 현자의 지팡이? 저 녀석은 위험해.'

어쩌면 태양의 사제로 전직하고 폭발적으로 성장한 오감이야말로 최고의 무기가 아닐까.

카이는 상대방을 한 번 스윽 훑은 것만으로 대략적인 견적을 기가 막히게 뽑아냈다. 물론 할 줄 아는 것이 견적 뽑는 것밖에 없다면 무의미하다. 하지만 카이는 자신이 뽑은 견적에 걸맞은 처방전을 내려줄 수 있는 사람이었다.

'물리 방어력이 높으면 방어력을 무시해야지. 파이널 어택.'

콰드드드득!

"커어억……!"

"노, 녹스!"

"이런 미친! 무려 블랙 쉬르본 세트라고! 세트 하나에 7천 골드씩 하는 건데……!"

"전사들의 악몽이라 불리는 녹스를 단숨에 녹인다고? 무슨 미친 딜이야?"

'거, 물리 방어력이 높으면 뭐해. 어차피 방어력 무시 대미지인데.'

한 방, 한 방.

카이의 손은 두 개뿐이었고, 적들의 손은 단순 계산만으로도 400개가 넘어갔다. 당연히 한 대 때리면 200대를 맞아야 하는 상황.

'공격 한 번을 할 때도 허투루 할 수는 없어.'

이 싸움이 끝나기 전까지 단 한 번의 실수도 해서는 안 된다는 의지가 카이를 휘감았다. 그것은 자연스레 카이의 집중력을 한 단계 높은 차원으로 끌어올렸다.

'0.7초 뒤 스매쉬 피하고 뒤로 돌아서 가드. 그다음에는 바로 점프해서 한 번 흔들어볼까.'

단 0.1초의 쉴 틈도 없이 육체를 움직이면서, 머리 또한 빠르게 움직인다.

스스로에게 질문, 질문, 그리고 또 질문.

'여기선 어떻게 해야 될까?'

마치 여러 명의 자신이라도 있듯, 스스로에게 물으며 최적, 최선, 최고의 결과를 이끌어낸다.

그것이 카이가 현재 전장의 사신처럼 보이는 이유였다.

"미친……!"

"이쪽에선 벌써 30명이 넘게 로그아웃 당했는데…… 멀쩡하다고?"

"멀쩡한 정도가 아니다."

창술사 샌지가 낮은 신음을 흘리며 인상을 찌푸렸다.

"노히트……."

No Hit. 단 한 번의 정타도 허용하지 않았다는 뜻이다. 한마디로 30명의 타이탄 길드원들을 처치하면서도 그가 받은 피해는 0이라는 뜻.

'어떻게 저런 움직임이 가능하지?'

타이탄 길드원들은 자신들의 상식으로는 이해할 수 없는 괴물의 등장에 혼란스러워졌다. 특히 가장 놀란 것은 약간 솟아오른 언덕에서 전투를 지켜보던 골리앗이었다. 부릅 뜬 눈으로 카이의 모든 움직임을 관찰하던 그의 입가가 부르르 떨렸다.

'언노운, 카이 녀석은 절대 저 정도 실력의 소유자가 아니었다.'

아예 처음부터 천재였다면 모를까, 언노운은 처음 활동할 때 어수룩한 모험가였다.

'당시의 내가 마음만 먹었다면 5초 안에 녹여 버릴 수 있는 시시한 상대였지.'

때문에 관심을 가지지 않았다. 아니, 솔직히 말하면 언노운이라는 사람이 있는 줄도 몰랐다. 하지만 녀석의 존재감은 주변의 모든 것을 집어삼키며 거대해지기 시작했다.

보통 사람이라면 성장에도 어느 정도 한계가 있을 터.

'그러나 녀석은…….'

자신에게는 한계 따위가 없다는 걸 뽐내기라도 하듯, 놈은 만날 때마다 강해졌다.

'인정하기는 싫지만…… 인정해야겠군.'

골리앗이 이빨을 꽈악 깨물며 절대로 인정하기 싫었던 사실 하나를 인정했다.

'놈의 전력은 세계 10대 길드와 동급. 혹은…… 그 이상.'

벌써부터 소문은 빠르게 퍼지고 있었다.

바덴 성에 두 개의 게이트가 열렸을 때, 카이가 언데드 대군을 몰고 와서 그들을 구출했다고.

'심지어 지금은 언데드 군단을 불러내지 않고도 대등하게 싸우고 있다.'

물론 놈도 사람이니 지칠 것이다. 아무리 이곳이 게임이라서 현실보다 덜 지친다고는 해도, 스테미너라는 것이 존재하니까.

'하지만…….'

골리앗과 카이의 거리는 무척이나 멀었다.

서로의 얼굴이나 간신히 보일까 싶을 정도로.

"……!"

하지만, 골리앗은 순간 카이와 자신의 눈이 마주쳤다고 생각했다. 동시에 누군가가 자신의 심장을 꽉 움켜쥔 것처럼 숨이 턱하고 막혔다.

'이런 건 인정할 수 없다.'

골리앗도 누군가보다 뒤에 있을 때가 존재했다. 게임을 남들보다 1주일 정도 뒤에 시작한 그의 위로는 이미 많은 강자들이 있었으니까.

하지만 확신하건대, 단 한 번도 그들에게 열등감을 느껴본 적은 없었다.

'어차피 내가 언제고 뛰어넘을 줄 알고 있었으니까.'

하지만 보라. 200명의 양 떼 사이에 난입하여 학살을 자행하는 사자를.

그 모습을 쳐다보는 골리앗은 자신감이 곤두박질치는 것을 느꼈다. 물론, 그것이 포기를 의미하지는 않았다.

"샌지. 준비해라."

"……예."

골리앗의 명령에 샌지가 굳은 표정으로 고개를 끄덕였다.

카이가 실시간 방송을 켜자 커뮤니티는 광란이라는 말이 어울릴 정도로 난리가 났었다. 하지만 지금은 오히려 평소보다도 훨씬 조용해진 상태였다.

평소 커뮤니티를 배회하던 유저들이 모두 카이의 방송을 보느라 글을 쓰지 않았기 때문이다.

현재 카이의 방송 랭킹은 압도적으로 전 세계 1위. 시청자 수가 320만을 돌파하는 말도 안 되는 상황이 일어났다.

덕분에 발등에 불이 떨어진 건 실시간 방송 서버 관리자들이었다.

"젠장! 서버 구축 상황은?"

"곧 됩니다! 97…… 98…… 99…… 100% 완료되었습니다!"

"후우. 겨우 한시름 놓았나……."

서버 관리 책임자는 짙은 한숨을 내쉬며 고개를 흔들었다.

하도 언노운, 언노운해서 대단한 줄은 알고 있었다.

'하지만…… 이 정도로 대단할 줄이야.'

일반적인 개인 방송 서버로는 도저히 320만 명을 감당할 수가 없다. 때문에 그들은 카이를 위해 독자적인 서버를 따로 구축해야 했다.

"뭐, 이 말도 안 되는 영상을 보면 이해가 안 되는 것도 아니지만."

서버 관리자 또한 미드 온라인의 광 팬. 그는 영상 속에서 한 편의 영화를 찍고 있는 남자에게 존경심을 표했다.

인터넷의 댓글 상태도 그리 다르지는 않았다.

-아 관리자들 돈 벌어서 뭐하냐? 서버 관리 안 해?

-어휴. 진짜 영상이 재미라도 없으면 버퍼 걸리는 거 짜증 나서라도 안 볼 텐데.

-오오……? 갑자기 버퍼 하나도 안 걸린다.

-어라, 진짜네? 관리자들 일 좀 했나 본데?

-크으, 저 무빙을 렉 없이 보니까 예술이네, 예술이야.

-혼자 무슨 약 빨고 게임하나? 저 상황에서 뒤에서 찌르는 공격이 보여?

-이거 타이탄 길드랑 짜고 찍는 건 아니겠지? 의심이 될 정도.

물론 타이탄 길드가 미치지 않은 이상, 카이를 띄워주려고 본인들 이미지를 시궁창에 처박지는 않을 것이다.

한마디로 현재 카이가 보여주고 있는 화면은 그 어떠한 조작도 들어가지 않은 공정한 결투.

-50명 남았다.

결투는 종장으로 치달았다.

"허억, 허억…… 허억."

항상 순백의 고결함을 자랑하던 카이의 로브는 여기저기 얼룩이 져 엉망이었다. 비에 젖은 초원의 바닥을 구르면서 생긴 영광의 흔적들이었다.

"후우, 후우, 후우."

카이는 일정한 호흡을 짧고 빠르게, 하지만 주기적으로 뱉어냈다. 마라토너들이 즐겨 사용하는 호흡법으로, 심폐 효과를 크게 증진시켜 주는 호흡법이었다.

'이제 정말 몇 안 남았어.'

사제들은 모두 처리했다. 전사와 마법사들도 대부분 처리했다.

남은 건 고작 10여 명의 적들뿐. 하지만, 카이는 200여 명의 적 앞에 있을 때보다도 크게 긴장했다.

'하나같이 만만한 놈이 없냐.'

절로 웃음이 나왔다. 190마리의 양을 도륙하고 나서야 양떼들을 지키던 사냥개와 늑대들이 어슬렁거리며 기어 나왔으니 어찌 웃지 않을 수 있을까.

"대단하군."

샌지가 앞으로 걸어 나오며 짧은 감탄사를 터뜨렸다.

"네놈은 적이지만 인정할 수밖에 없겠어. 설마 우리를 상대로 여기까지 올 줄이야…….”

“마치 여기까지가 내 한계인 것처럼 말하네. 난 끝까지 갈 생각인데.”

카이의 말에 샌지가 쓴웃음을 지었다.

“그 상태로 말인가? 아, 설마 지난번의 그 언데드를 소환할 생각인가?”

“잘 아네.”

온갖 센 척은 다했지만, 카이는 정말 자신이 한계까지 왔음을 깨달았다.

‘스테미너 회복 속도가 너무 느려. 아야나의 특제 포션으로도 이 정도라니.’

검 한 번 휘두를 때도, 공격을 회피할 때도 몸이 한 박자 느리게 움직이는 게 느껴질 정도다.

‘나이트 오브 나이트메어…… 대중에 이렇게 공개하긴 싫었지만. 여기서 질 수는 없어.’

여기서 패배하는 자는 정말 모든 걸 잃는다.

물론, 혹자는 지금 자신이 지더라도 괜찮지 않느냐고 생각할 수 있다.

‘무려 타이탄 길드와 1인 전쟁을 펼쳐서 190명을 죽였으니까.’

하지만 그건 어떻게 보면, 개인이 아무리 강해도 결국 10대 길드의 아성은 넘을 수 없다는 것과 같다.

'이제 한 걸음만 더 내디디면 보여줄 수 있다.'

개인도 집단을 이길 수 있다는 걸. 사회의 시스템이 부패했을 경우, 개인이 그들에게 정면으로 도전하여 쳐부술 수 있다는 걸.

'나를 건드리면 그것이 누구라 해도, 같은 전철을 밟게 된다는 걸.'

세상 사람들에게 말해줄 수 있게 된다.

카이는 지친 왼팔을 천천히 들어 올리며 중얼거렸다.

"나이트 오브 나이트메어."

예전과 마찬가지로, 반지에서 보랏빛이 반짝거리더니 구름과 같은 어둠이 뿜어져 나왔다.

하지만 그것으로 끝.

뿜어져 나오던 연기는 빠르게 사라져갔다.

"……!"

이에 당황한 카이가 다시 한번 나이트 오브 나이트메어를 사용했다.

[재사용 대기시간이 23시간 59분 55초 남았습니다.]

'스킬은 확실히 사용된 것이 맞는데?'

그런데 있어야 할 스켈레톤 나이트들이 보이지 않는다. 한

껏 당황한 카이에게 샌지가 창을 빙빙 돌리면서 다가왔다.

"스스로에게 자신을 가질 만해. 나 같아도 너 정도의 실력이 있다면 가질 수밖에 없겠지. 하지만 말이다. 본인이 뛰어나다고 남들을 바보 멍청이로 보지는 말아줬으면 좋겠는데."

샌지를 필두로 9명의 랭커들이 카이의 사방을 원형으로 에워쌌다.

"그 말은……?"

"지난번에 듀라한 군대에 그렇게 당해놓고 여태까지 그에 대한 대비를 안 했으면 세계 10대 길드 같은 자리는 진작 누군가에게 내줬겠지."

"대체 무슨 수를?"

"훗."

샌지가 자신의 앞섬을 열더니 목걸이 하나를 꺼내 들었다.

순도 높은 화이트 크리스탈로 조각되어 있는 정교한 목걸이였다.

"고대 신의 눈물이라는 목걸이다. 사용자의 반경 50미터 이내엔 그 어떤 언데드도 접근할 수 없어. 그건 소환 또한 마찬가지다. 물론 네임드나 보스 몬스터들에겐 효과가 없었지만…… 아쉽게도 네놈의 스켈레톤 나이트들은 그 정도 급이 아니잖아, 안 그래?"

"……."

완벽하게 할 말을 잃어버린 카이가 입술을 꾹 깨물자, 샌지가 두 손으로 창대를 쥐며 자세를 취했다.

"자, 혼자서 멋있는 장면 많이 땄으니 이제 우리 길드 멋있는 장면도 따줘야지?"

"할 말이 없어서 그런지 입을 꾹 다물었군."

"이것이 범 무서운 줄 모르는 하룻강아지의 결말이다. 애송이."

랭커들은 자신들의 승리를 확신했다. 하지만, 다음 순간 카이가 이마를 문지르면서 입을 열었다.

"이봐요, 시청자 여러분. 내가 나중에 다시 방송 켤게. 그럼 안녕."

짤막한 말을 남기고 방송을 꺼버리는 카이. 방송을 켤 때도 뜬금없었지만, 끌 때는 더욱 뜬금없었다.

"……."

"……."

"아니, 우리 멋있는 장면도 좀……."

벙찐 표정으로 입만 멍하니 벌리는 타이탄의 랭커들!

"멍청한 자식들. 비켜봐라."

골리앗이 어깨를 밀어내며 카이의 앞으로 다가왔다.

그는 무력해 보이는 카이를 쳐다보며 웃었다.

"네놈도 정말 웃기는군. 네놈이 방송을 켤 수 있으면, 우리도 할 수 있다는 걸 왜 모르지?"

"안 하는 게 좋을 텐데."

"천하의 언노운이 내 발바닥에 깔려 죽는 모습인데, 안 할 수가 있나."

"아냐. 정말 너 생각해서 하는 소리야. 안 하는 게 좋을 거야."

검을 조용히 검집에 집어넣은 카이가 한숨을 내쉬면서 중얼거렸다.

"후우……. 스탯 아까워서 이건 진짜 최후의 순간 아니면 쓰기 싫었는데……."

나이트 오브 나이트메어가 막혔고, 스테미너도 바닥이다. 5초 동안 무적 상태가 되는 불사의 무적 스킬이 있긴 하지만, 5초 만에 랭커 10명을 죽일 자신은 없었다.

결국 사용할 수 있는 방법은 최후의 수단 하나뿐.

카이는 세상에서 제일 억울한 표정을 짓더니 억지로 입을 열었다.

"스킬 사용, 강림."

듣기만 해도 속이 쓰려오는 소리가 카이의 귓가를 울렸다.

띠링!

[강림 스킬을 사용합니다.]

[영구적으로 20개의 선행 스탯이 소멸됩니다.]

[당신의 몸에 강림시킬 선대 사도의 영혼을 선택할 수 있습니다.]

'으으으으……!'

선행 스탯 20개. 힘, 체력, 민첩, 지능, 신성, 위엄을 포함하여 총 120개의 스탯이 사라졌다는 뜻!

속이 하도 쓰려서 당분간은 죽만 먹어야 할 것 같았다.

'그리고 이게 다…….'

번뜩이는 카이의 눈동자가 남아 있는 타이탄 길드원들을 훑었다.

이 상황은 전부 타이탄 탓!

복수를 다짐하는 카이의 눈앞으로 새로운 창이 떠올랐다.

[제1의 사도, 수호의 시미즈(활성화)]

[제2의 사도, 안식의 체란티아(활성화)]

[제3의 사도, 광휘의 패트릭(비활성화)]

'내가 여기서 고를 수 있는 건가.'

안타깝게도 광휘의 패트릭은 비활성화인 상태.

카이는 그 이유를 어렴풋이 알 수 있을 것 같았다.

'성물을 손에 넣은 선대 사도의 사념만 강림시킬 수 있는 건가?'

그렇다면 성검 프리우스를 손에 넣기 전까지는 패트릭을 불러오는 것이 불가할 터. 카이는 시미즈와 체란티아 두 사도 중에서 누구를 불러올지 잠시 고민을 했다.

'시미즈는 별호에서도 알 수 있듯이 방어 특화의 사도야.'

그녀가 남긴 성물 니케만 보더라도 알 수 있다. 천사들의 찬가는 아군의 방어 능력을 대폭 강화해 주는 스킬.

'한마디로 공격 능력의 유무를 알 수는 없어.'

그렇다면 안식의 체란티아는 어떨까?

'체란티아가 남긴 성환 페트라의 경우에는.'

미묘하다. 굉장히 미묘하다. 이터널 레전더리 등급 반지인 페트라에 내장된 스킬은 영원한 안식. 선한 NPC들이 생명을 다해 죽을 때, 그들에게 사용 가능한 스킬이다.

'NPC의 경험과 재능을 일부 획득할 수 있고. 그들의 영혼을 천사로 재탄생시켜 빛의 군단을 꾸릴 수 있는 능력.'

애석하게도 주변에서 죽은 선한 NPC는 여태 없었기에 사용해 보지도 못했다.

'아무래도 시미즈보다는 체란티아가 낫겠지?'

덩치만 봐도 그렇다. 천상 여자, 가녀린 시미즈보다는 덩치가 우락부락한 체란티아의 공격력이 더욱 강해 보이니까.

생각은 길었지만 판단은 빨랐다.

"제2의 사도, 안식의 체란티아 강림."

띠링!

[제2의 사도, 안식의 체란티아가 강림합니다.]

동시에 하늘에서 쏘아진 빛이 카이의 몸을 관통했다.

"크윽……!"

"뭐, 뭐야."

그 강렬한 빛에 타이탄 길드원들이 눈을 가리며 뒤로 주춤주춤 물러났다. 눈이 멀어버릴 것 같은 빛이 사라졌을 때, 카이에게서 느껴지는 기운은 달라져 있었다.

'뭐지?'

'자폭…… 스킬은 아닌 것 같고.'

'분위기가 조금 바뀌기는 했는데.'

그들이 생소한 기운을 느끼며 함부로 달려들지 못할 때.

카이 또한 신비한 기분을 느끼는 중이었다.

'뭔가…… 기분이 이상해.'

마치 잠들기 직전처럼, 온몸이 허공에 붕 떠 있는 듯한 느낌이다.

그 상황에서 하나의 목소리가 그의 머릿속에 울려 퍼졌다.

-으하하하하! 역시 보는 눈이 있구나!

'……체란티아?'

-시미즈 녀석. 지금쯤 제 소매를 물어뜯으면서 자네를 저주

하고 있을 걸세.

걸걸한 목소리와 호탕한 억양. 안식의 체란티아다.

'설마 강림 스킬의 효과가 이게 끝?'

카이가 식은땀을 흘리며 침을 꿀꺽 삼킬 때, 체란티아가 말을 이었다.

-이거, 장난 두 번 쳤다가는 심장 마비로 죽겠군. 후배여. 잘 듣게나.

체란티아가 그답지 않게 부드러운 목소리로 설명을 이어갔다.

-시미즈는 사람들이 다치는 것을 싫어하여 그들이 다치지 않을 정도로 강력한 수호의 주문을 만들어냈네. 그녀가 수호라고 불리던 이유이지.

-패트릭은 공격이 최선의 방어라고 생각했네. 적들을 섬멸하여 사람들을 위협할 만한 여지를 일절 남기지 않았지.

시미즈는 방어, 패트릭은 공격. 그렇다면 체란티아는?

-나는 고단한 삶에서 벗어난 지친 자들의 영혼을 좋은 곳으로 인도해 주고 싶었네. 기억하게. 나는 지친 자들의 후회와 미련을 베어내고, 영혼을 구제하는 자. 안식의 사도 체란티아일세.

동시에 들려오는 알림창.

띠링!

[체란티아가 사용자의 육신에 강림하였습니다.]

[그의 제한된 능력들 중 일부를 사용할 수 있습니다.]

[일시적으로 '빛의 군단' 스킬을 획득합니다.]

[일시적으로 '정화하는 불의 파도' 스킬을 획득합니다.]

[일시적으로 '망각의 검' 스킬을 획득합니다.]

[일시적으로 '체란티아의 신체' 스킬(패시브)을 획득합니다.]

"이건……."

머릿속에 물밀듯 밀려오는 스킬들의 설명!

그뿐만이 아니었다.

[체란티아의 신체 스킬(패시브)의 효과로 모든 스탯이 300 상승합니다.]

모든 스탯 300 상승!

1시간짜리의 일시적인 능력이라고는 하나, 경악스러운 능력이다. 모든 스탯이 120개나 사라졌다고 찡찡된 것이 불과 몇 분 전인데, 단번에 스탯이 1,800이나 상승한 것이다.

'물론 일시적인 거지만…… 그래도 대단해. 이게 제한된 능력이라고?'

그렇다면 살아 있을 당시 체란티아는 대체 얼마나 강했다는 것일까.

살짝 소름이 돋아 몸을 부르르 떤 카이는 적들을 바라보았다.

'스테미너 상태는 좋아.'

온몸에서 힘이 차고 넘친다. 체력 스탯이 대폭 상승하여 올라간 스테미너 때문인지, 체란티아의 영혼 때문인지는 모른다.

'다만…… 확신은 있어.'

이 싸움, 절대 지지 않을 것 같다는 확신이 뼛속 깊이 아로새겨졌다.

카이는 왼손을 앞으로 뻗어내며 입을 열었다.

"정화하는 불의 파도."

파도라는 말이 뱉어짐과 동시에, 카이의 손바닥에서 불꽃의 해일이 흘러나왔다.

"무, 무슨!"

"마법?"

"젠장!"

그 갑작스러운 공격은 랭커들조차 당황하게 만들었다. 반사신경이 뛰어난 이들이라 불의 파도를 피하긴 했지만, 전부는 아니었다.

"크윽! 적중당했어!"

"괜찮아. 마법 저항력도 높고, 추가적으로 화염 저항력까지 붙어 있어. 게다가 포션…… 응?"

정화하는 불의 파도에 적중당한 두 명의 랭커들이 경악을 토해냈다.

“꺼, 꺼지지 않는 불꽃이라고……?”

“미친! 인페르노랑 동급의 스킬이라고?”

350레벨, 화염 특화 마도사 전용의 유니크 등급 스킬인 인페르노. 인터넷에 공개된 것만으로도 벌써 수십억에 경매가 진행 중인 역대급 스킬 북이었다.

‘하지만 인페르노는 1인 대상 공격인데…….’

‘그것과 똑같은 효과를 지닌 스킬을 이렇게 광역으로?’

‘캐스팅도 없이? 저렇게 손쉽게?’

‘대주교급 클래스의 정화가 아니면 이건 해제 못 해.’

경악을 할 수밖에 없는 상황이다.

랭커 두 명의 온몸이 활활 타올라 로그아웃을 당하자 남은 자들은 침을 꿀꺽 삼켰다.

‘궁지에 몰린 쥐는 고양이를 문다.’

‘심지어 저 녀석은 쥐도 아니고, 고양이도 아닌 사자.’

‘신중하게 움직이자고. 놈은 아직 여력이 남아 있어.’

다 끝난 줄 알았는데 그것이 아니었다. 남아 있는 8인의 랭커들은 카이를 경계하며 천천히 포위망을 좁혔다.

‘……지금!’

기회를 엿보던 샌지는 카이의 자세에서 찰나의 빈틈을 발견하곤 그대로 달려들었다.

부우우웅! 훙! 후웅!

마치 용처럼 현란하게 꺾이는 섄지의 창!

그는 카이와의 거리가 5미터 정도 남자, 미련 없이 자신이 지닌 최고의 스킬을 사용했다.

"화룡의 창!"

화르르르르르륵!

섄지의 창에서 폭발적인 화염이 흘러나오며 대기의 온도를 높였다. 대상의 방어력을 약간 무시하고, 물리 공격력과 마법 공격력을 동시에 주는 공격. 그뿐만 아니라 적중에 성공하면 화상 디버프까지 걸어주는 최고의 스킬!

'이건 아무리 너라고 해도 피할 수 없을 것이다.'

섄지는 확신했다. 왜냐하면 카이는 여전히 검을 뽑지 않은 상태였으니까.

하지만 그는 카이가 자신에게 오른손을 뻗었을 때 일말의 불안감을 느꼈다. 불안은 곧 현실이 되었다.

"망각의 검."

아무것도 존재하지 않던 카이의 손아귀에 보라색의 검이 잡혔다. 카이는 망설임 없이 그것을 휘둘렀다.

서걱!

"크윽!"

섄지의 어깻죽지를 살짝 베고 지나가는 검!

그 와중에 허리를 비튼 샌지가 카이의 공격을 회피해 낸 것이다.

'젠장. 피하긴 했지만 공격력이 너무 강해. 우선 백스텝 스킬로 뒤로 빠진 후에…….'

자신이 다음에 취해야 할 행동을 고민하던 샌지의 눈앞으로 메시지가 떠올랐다.

[망각의 검에 적중당합니다.]

[상태 이상 '망각'에 걸렸습니다.]

[5분 동안 스킬을 사용할 수 없습니다.]

"무, 무슨!"

자연스럽게 다리를 뒤로 놀려 백스텝 스킬을 사용하려던 샌지가 비명을 토해냈다. 백스텝 스킬이 사용되지 않으니 그는 자연스럽게 발이 꼬여 뒤로 넘어졌다.

'정타를 허용한 것도 아니야. 그저 잠시 스쳤을 뿐이다. 그런데 어째서……?'

이런 효과를 지닌 스킬이 있는 것이 말이나 되는가.

하지만 그런 의문이 해소되기도 전에, 망각의 검은 그의 목울대를 관통했다.

"꺼르르륵……!"

"말했지. 난 끝까지 갈 생각이라고."

"……."

카이의 말에 무언가 반박을 하고 싶었지만, 온몸이 무너져 내리기 시작한 샌지는 입을 열 수 없었다.

길드의 부마스터인 샌지가 당하자 랭커들은 눈에 띄게 당황했다.

'골리앗을 제외하면 샌지가 우리 중에서 가장 강한데…….'

'녀석이 단 두 방에 로그아웃이라고?'

'무지막지한 공격력……!'

눈앞에서 자신과 동급, 혹은 그 이상의 동료들이 줄기차게 죽어 나가자 남은 이들의 움직임이 소극적으로 변했다.

까앙, 깡!

물론 그런 상황은 카이에게 있어선 호재였다.

'이 기세를 몰아붙이자.'

카이의 오른손이 하늘 높이 떠올랐다.

"스킬 사용, 빛의 군단!"

그 외침과 동시에 하늘에서 태양빛이 내리쬐며 수십의 천사들을 만들어냈다.

'이것이 빛의 군단……!'

그들을 바라보는 카이의 눈빛이 반짝였다. 성환 페트라의 스킬을 이용하면 그도 언젠가는 만들 수 있는 군대이기 때문이다.

-안식의 이름으로.

-적들을 말살하리.

새하얀 로브 위에 순백의 갑주, 그리고 빛의 날개를 지닌 빛의 전사들은 순식간에 적들에게 쇄도했다.

스릉, 스르릉!

그들의 공격은 빠르고 매서웠다. 게다가 머릿수부터 비교가 안 될 정도로 많았다. 시간이 지날수록 타이탄의 랭커들이 체력은 뚝뚝 떨어지기 시작했다.

"젠장! 허공을 날아다니는 것만 해도 귀찮은데……!"

"이 녀석들. 싸움에 능숙해!"

세계적인 랭커들과 비교해도 크게 꿇리지 않는 천사들의 전투력!

카이는 그들의 싸움을 가만히 지켜보다가 골리앗에게 다가갔다.

"아무래도 끝난 것 같다. 너와 나의 싸움은."

"……아직 끝나지 않았다."

"아니, 끝났어."

카이는 현실을 부정하는 골리앗에게 일침을 가했다.

그 한마디에 골리앗은 자신이 쌓아놓은 공든 탑이 와르르 무너지는 기분을 느꼈다.

"1년을 10년처럼 살았다…… 자는 시간, 먹는 시간을 줄이면서도 게임을 했다. 그런데…… 그런데 네놈은 그걸 하루아침에……!"

"넌 끝까지 피해자인 척하는구나."

카이가 검을 뽑았다.

그러자 어느새 타이탄의 랭커들을 모조리 처치한 빛의 군단이 허공을 부유하며 그의 주변으로 몰려들었다.

"남길 말은?"

"……인생이란, 때때로 덧없군."

"그건 네가 덧없는 인생을 살아와서 그런 거야. 타인을 짓밟고, 그들의 것을 약탈한 자의 최후가 보람찰 거라고 생각하진 않았겠지?"

"넌 끝까지 마음에 들지 않는 놈이다."

"그 부분은 나랑 좀 맞네. 나도 너 재수 없어서 싫어."

"하, 건방진 놈."

짤막한 대사를 남긴 골리앗은 이빨을 꽉 깨물며 카이에게 달려들었다.

그날, 타이탄 길드의 마스터가 카이와의 일대일 결투에서 패배하는 모습은 카이의 방송을 통해 전 세계에 알려졌다.

63장
왕의 명령

[속보! 언노운 카이, 타이탄 길드와의 전쟁에서 승리!]

[다윗. 돌팔매로 거인의 이마를 깨부수다.]

[개인에게 무너진 세계 10대 길드. 과연 세력의 의미는?]

기사들이 쏟아졌다.

그건 카이가 바라다 못해 의도한 상황.

'이걸 기사로 쓰지 않으면 펜대 놓고 기자 때려치워야지.'

이 상황을 유도하기 위해서 다시 한번 방송을 켠 것도 카이였다.

빛의 군단을 사방에 둘러놓은 채 당당하게 일대일로 골리앗을 쳐부수는 언노운. 한 번이 어려울 뿐, 두 번은 어렵지 않았다. 손쉽게 골리앗을 처치한 카이는 길드와의 전쟁에서 승리했다. 그 업적은 즉각적으로 반영되었다.

띠링!

[불리한 전투를 누구도 믿지 못할 수준의 승리로 이끌었습니다.]

[스페셜 칭호, '전장의 사신'을 획득했습니다.]

[전장의 사신]

[등급 : 스페셜]

[내용 : 200명 이상의 플레이어와 결투를 하여 승리한 자에게 주는 칭호.]

[효과 : 적을 공격할 때마다 일정 수준의 스테미너를 회복됩니다.(이 효과는 칭호를 장착하지 않아도 적용됩니다.)]

"오오……."

전장의 사신!

이번에 타이탄 길드와 싸우면서 가장 부족함을 느꼈던 부분이 스테미너였다.

'다른 부분은 경험이나 기술을 통해 커버가 가능해. 하지만 스테미너는 아니야.'

스테미너가 바닥으로 떨어지면 움직임 자체가 굼벵이처럼 느려진다. 그 상태에서는 경험이고 기술이고 쓸모가 없었다.

때문에 카이는 앞으로 누군가와 싸움을 하더라도 장기전을 최대한 피할 생각이었다.

하지만 전장의 사신을 획득한 지금이라면 이야기가 달라진다.

'이제는 장기전으로 갈수록 내가 유리해지겠는데?'

자신은 체력 스탯 자체도 높은 편.

거기에 적중 시 스테미너까지 회복을 한다면……?

'완전 좀비잖아?'

바퀴벌레, 혹은 좀비. 시간이 흘러도, 아무리 밟아도 쓰러지거나 죽지 않는 불사의 존재!

히죽히죽 웃는 카이의 머릿속에서 목소리가 울려 퍼졌다.

-이런, 시간이 다 되었군. 시미즈에게는 오늘의 무용담을 자세히 들려줘야겠어. 또 보게나.

강림 스킬의 지속 시간이 끝나자 체란티아가 짧은 인사를 남긴 채 떠나갔다. 동시에 새롭게 생겨났던 체란티아의 스킬들도 신기루처럼 사라져 버렸다.

"강림 스킬이라……."

선행 스탯 20개를 소모하는 터무니없는 스킬이다. 하지만 값어치는 톡톡히 해내는지라 크게 아깝지는 않았다.

'선행 스탯이 아깝기는 해도, 목숨보다 중요하지는 않지.'

특히 랭킹 1위인 자신에게는 더더욱 그렇다. 한 번 죽는 순간 랭킹이 10위권 아래로 쭈르륵 내려갈 것이 분명했다.

"턱 끝까지 쫓아온 유하린이나 다른 랭커들…… 진짜 밥 먹고 게임하나? 에휴."

카이(22세, 밥만 먹고 게임하는 폐인)은 고개를 흔들며 메시지창을 띄웠다.

'나도 이러고 싶지는 않아. 하지만…….'

자신은 타이탄 길드의 심장에 비수를 꽂았다. 그것도 비급하게 기습을 한 것도 아니었고, 정면에서 다가가 그가 눈을 부릅뜬 상태에서 꽂아버렸다.

'어떤 식으로든 날 엿 먹이려고 할 거야.'

그러니 그들이 정신을 차리지 못하게 만들어야 한다. 아니, 가장 좋은 것은 그들이 자신을 엿 먹이려는 시도조차 하지 못하게, 힘을 약화시켜야 한다. 때문에 카이는 메시지창을 통해 미네르바를 호출했다.

그녀의 답장은 빠르게 돌아왔다.

-미네르바 : 이봐요! 지금 본인이 얼마나 터무니없는 일을 했는지 알고 있…….

-카이 : 아주 잘 압니다. 방송은 봤어요? 잘 나왔을 텐데.

-미네르바 : 지금 그게 말이라고…….

카이의 태연함에 입을 쩍 벌리는 미네르바.

그녀의 그런 반응을 즐기던 카이는 자신의 목적을 꺼냈다.

-카이 : 지금 당장 타이탄 녀석들 독점 사냥터 접수를 시작하세요.

-미네르바 : 뭐라구요? 그런 짓을 하면 뒷감당을…….

-카이 : 뒷감당이 왜 필요합니까? 타이탄은 이미 재기불능이에요. 확실하게 하는 것뿐이지.

-미네르바 : ……당신 정말 무서운 사람이군요. 혼자 삼키기엔 너무 거대하니 나누는 거고요.

-카이 : 아닌데요. 내가 직접 나이프질 하기엔 귀찮아서 이러는 겁니다. 타이탄 쪽의 사냥터를 프레이에서 먹으면 그곳에서 나오는 모든 수익을 6대4로 나눠 드리겠습니다. 아, 물론 제가 6이고요.

-미네르바 : 재주는 저희가 넘고, 돈은 그쪽이 챙긴다는 말인가요?

-카이 : 말은 똑바로 해야죠. 재주는 이미 내가 넘었고, 그쪽은 돈만 쓸어담으면 된다는 겁니다. 지금 프레이 쪽에서 공격을 시작하면 타이탄 쪽에서는 누가 방어하러 올지 알아요? 100레벨의 아무개, 120레벨의 아무개, 아! 가끔 재수 없으면 180레벨의 아무개가 나오겠네요. 설마 그런 녀석들을 상대로 자신이 없다는 건 아니겠죠?

-미네르바 : …….

카이의 도발에 미네르바는 고민하는 기색을 내비쳤다.

'쯧. 역시 미네르바는 생각이 너무 깊다니까.'

그렇다면 강제로라도 생각을 줄여줄 수밖에.

카이는 곧장 두 번째 패를 오픈했다.

-카이 : 아, 참고로 천화에게도 움직이라고 말할 거니까 경쟁은 알아서 하세요.

-미네르바 : 뭐라구요? 그쪽에는 대체 왜 말하는 거죠?

-카이 : 타이탄 그거, 혼자 먹으면 체합니다. 과식이에요. 아주 배가 불러서 터질 거라고. 그리고 재깍재깍 대답했으면 천화쪽에 일거리가 넘어가는 일은 없었을 겁니다. 알았으면 다음부터는 조심하세요. 아참, 이미 타이탄 녀석들 사냥터를 노리는 곳도 있을 거예요. 그건 알아서 감당하세요.

-미네르바 : ……또 연락드릴게요.

그제야 바빠 보이는 기색을 뿜어낸 미네르바가 사라지자, 카이는 한숨을 내쉬었다.

"후우, 나도 정말 이러기 싫었다고."

지금 카이가 하는 행위는 타이탄 길드의 주춧돌까지 싹 다 부숴 버리는 행위이다. 두 번 다시 회생할 수 없는 치명적인 공격을 가하는 셈.

'하지만 이걸로 세상은 똑똑히 알게 되겠지.'

자신을 건드린 대가는 결코 가볍지 않다는 걸. 세계 10대 길드라고 하더라도, 괴멸에 준하는 피해를 입을 각오를 해야 한다는 것을.

세상은 이번 일을 통해 깨달았을 것이다.

카이는 미네르바를 모범생 같은 여자라고 생각했다.

'매우 신중해서 움직이는 데까지는 제법 시간이 걸리지만, 막상 일에 돌입하면 능력 자체는 굉장해.'

타이탄 길드에서 관리하던 35개의 사냥터 중 절반은 그날부로 프레이의 관리 아래에 놓였다.

물론 가장 목 좋은 곳만을 골라서 차지한 것!

그게 불과 반나절 만에 일어난 일이었으니, 프레이 길드의 저력을 다시 한번 느낄 수 있었다.

'이런 곳을 내 멋대로 할 수 있다는 건 정말 아름다운 일이지.'

느긋한 마음을 품은 카이는 현재 바덴 성으로 향하는 중이었다.

'듣기로는 아직도 공사가 한창이라고 하던데…….'

자신에게 줄 보상은 이미 준비가 된 모양.

바덴성으로 찾아가자 쑥대밭이 된 성의 서쪽과 북쪽은 예상대로 공사가 한창이었다. 다만, 영주의 성이 있는 중앙과 동쪽, 남쪽 지역은 별개의 세상인 것처럼 멀쩡히 돌아갔다.

카이는 곧장 하인드 백작의 성을 방문했다.

“오오. 바덴 성의 영웅이 오셨는가.”

꽈악!

카이의 몸을 강하게 부둥켜안은 노장, 하인드는 껄껄 웃으며 그에게 자리를 권했다.

“그만한 도움을 받았음에도 불구하고 염치없이 이제야 자네를 불렀네. 무례를 용서하시게.”

“아닙니다. 오히려 바쁜 와중에도 저를 잊지 않고 이렇게 불러주셔서 감동한 참입니다.”

“이 사람 참, 말을 예쁘게 하는군.”

[하인드 백작의 호감도가 상승했습니다.]

대화 분위기는 당연히 좋은 방향으로 흘러갔다.

한쪽은 도시를 구한 영웅. 한쪽은 그에 대한 보답으로 이제 보상을 줄 사람이었으니 어찌 좋지 않겠는가!

아니나 다를까 하인드 백작이 운을 띄웠다.

“자네에게 어떠한 보상을 줘야 할지 여러 밤을 고민해 보았네.”

“경청하겠습니다.”

“돈이나 무구, 명성은 이미 자네에게 크게 필요치 않겠더군.”

맞는 말이다. 이미 지갑과 통장이 돼지가 되어버린 카이는 웬만한 것은 스스로 구할 수 있었으니까.

"혹시 나에 대한 소문을 들어보았나?"

"하인드 백작님의 소문이라면……."

카이가 천천히 고개를 끄덕였다.

'국왕의 왼팔이자 대영주. 귀족들의 경찰관.'

왕국의 백작이라고 다 같은 백작은 아니었다.

하나의 영지를 소유하고 있는 백작이 있는가 하면, 다섯 개의 영지를 소유한 백작도 있었다.

'라시온 왕국의 백작 중 가장 강력한 권력을 자랑하는 것은 바로 바덴 성의 영주인 하인드 백작이야.'

자신이 거쳐왔던 프리카 마을은 물론, 글렌데일도 그의 통치를 받고 있기는 마찬가지였다.

그는 무려 서른다섯 개나 되는 도시와 마을을 통치하고 있는 대영주!

하인드 백작이 제 턱수염을 쓰다듬으며 말을 이었다.

"국왕 폐하께 여쭈어보았네. 근래에 떠오른다는 리버티아가 자네의 땅이라지?"

"예에…… 그렇습니다만."

"리버티아 인근 도시 두 개의 통치권을 자네에게 줄 생각이네. 어떤가?"

"……도시의 통치권이요?"

카이가 떨떠름한 표정을 지으며 대꾸했다.

'통치엔 그다지 취미가 없는데…….'

사실 리버티아도 아인종들과 친하기도 하고, 자신이 손을 대지 않아도 그들이 알아서 잘 살기 때문에 영주직을 수락한 것뿐이다.

'하지만 인간들의 도시를 통치하면 이야기가 달라지겠지.'

무지막지하게 귀찮아질 것이다. 그리고 그 귀찮음은 카이의 성장에 브레이크를 걸 것이 분명했다.

그러한 생각은 카이의 얼굴 위로 고스란히 떠올랐다.

이를 쳐다본 하인드 백작이 빙그레 웃었다.

"지금 분명히 귀찮다는 생각을 하고 있을 걸세."

"아, 아뇨…… 그게……."

잠시 그의 온화한 눈빛을 쳐다보던 카이가 백기를 들었다.

"후우. 맞습니다. 솔직히 전 통치에 크게 자신도 없고, 뜻도 없습니다."

"하지만 난세는 영웅을 낳는 법이지. 최근 자네는 라시온 왕국 최고의 풍운아일세. 자네의 발길이 닿는 곳에는 일화와 무용담, 찬양이 끊이질 않아."

"그것이 제가 영지를 통치해야 하는 것과 크게 관련이 있습니까?"

"물론이지. 자네가 유명해지는 만큼 자네의 명성을 탐하는 자들은 많아질 걸세. 신변에 위협을 느끼는 날들이 지겹도록 이어지겠지. 하지만 자네가 지닌 힘이 강력하다면 자네를 함부로 건드릴 수 있는 이는 많지 않아."

실제로 대영주의 자리에 올라선 이가 하는 말이다.

'영토라…….'

확실히 자신이 이번에 타이탄 길드를 밟아버리면서 유저들 중에서 자신을 건드릴 이는 거의 사라졌다고 볼 수 있었다.

'하지만 NPC는?'

아직 자신을 적대하는 뮬딘 교는 멀쩡하게 살아 있는 상태였고, 제국과 왕국에 그들과 내통을 하는 이들이 많을 것 같다는 것이 타르달의 의견이었다.

'언제 나의 꼬투리를 잡아서 시비를 걸지 모르긴 해.'

그들이 자신을 깔볼 수 없는 힘이 있어서 나쁠 것은 없다는 뜻이다.

"음. 백작님의 말뜻은 모두 이해하였습니다. 하지만 저는 모험가. 한 곳에 발이 묶인 채 영토를 관리하는 건 아무래도 무리가……."

"그 부분에 대한 편의는 내가 모두 봐주겠네. 전문 영지경영인을 붙여주고, 관리자들을 모두 유능한 인재들로 메꿔주지. 자네는 단순히 영주라는 간판만 달고 다니면 되네. 물론, 다달이 나오는 세금은 덤이라고 생각하게나."

"오오……!"

이 정도라면 확실히 구미가 당긴다. 손댈 부분은 하나도 없이 챙기고 싶은 부분만 챙기는 셈이니까!

화색을 띠는 카이에게 하인드 백작이 미소를 지었다.

"그렇다면 수락한 것으로 알고 조만간 폐하를 통해 영지를 넘기도록 하겠네. 아, 그리고 자네가 저번에 가져왔던 아르센 남작의 추천장 말일세."

"예."

"본디 추천장을 가져오는 자들은 실력을 테스트해야 하지만…… 굳이 자네의 실력을 테스트할 필요는 없을 것 같군. 곧장 자네에게 알맞은 임무를 하나 주고 싶은데, 괜찮은가?"

"물론입니다. 오는 임무 마다하지 않는 것이 모험가의 미덕이지요."

자신감을 드러내는 카이의 눈앞으로 오랜만에 보는 퀘스트 창이 떠올랐다.

띠링!

[영지 감찰]

[등급 : B+]

[물의 도시라 불리는 아쿠에리아는 최근 폭풍적인 성장을 이

루고 있는 도시입니다.

라시온 왕국의 국왕인 베오르크는 아쿠에리아를 통치하는 바리탄 남작을 치하하며 승작을 시킬 생각을 하고 있습니다.

그의 영지를 감찰하여 그가 자작이 되기에 바람직한 인간인지를 확인하십시오.]

[성공할 경우 : 라시온 왕국 공헌도 15,000, 하인드 백작의 호감도 상승.]

[실패할 경우 : 하인드 백작의 호감도 하락, 명성 대폭 하락, 경험치 하락.]

'아쿠에리아?'

오래간만에 보는 도시의 이름에 카이는 눈만 끔뻑거렸다.

'이곳이라면 분명 크라포드가 살던 곳이었지?'

그리고 자신의 기억이 멀쩡하다면 바리탄 남작은 크라포드의 연인이던 엘레느를 납치한 장본인이기도 하다.

'그런 녀석이 자작이라, 배 아픈데?'

어렴풋이 미소를 짓는 카이에게 하인드 백작을 설명을 이어나갔다.

"대영주의 호칭은 권리만 있는 것이 아니네. 의무 또한 동반하고 있지. 나는 국왕 폐하의 신임을 받고 있는 상태로 그의 믿음에 보답할 필요가 있었네. 그것이 왕실에서 움직이지 못하는 폐하의 눈과 발, 손이 되어주는 일이었지."

"베오르크 폐하가 원하는 일을 백작님이 대신 처리해 주는 군요."

"맞네. 애초에 그 때문에 권력을 몰아주신 것이지."

과연 국왕의 왼팔. 과거 전장을 휩쓸었다는 백전노장의 전사가 훌륭한 정치인으로 탈바꿈한 것에는 이런 비사가 숨겨져 있었다.

"그런데 감찰이라고 하면 그곳에 가서 무엇을 확인하면 됩니까?"

"형식적인 절차이니 그리 염려치 말게나. 그 도시의 전반적인 부분을 꼼꼼히 파악하여 폐하에게 알려드리면 되네. 본래라면 나의 기사들을 보낼 테지만, 자네도 알다시피 현재는 모두 영지를 재건하고 혹여나 다가올 몬스터들을 경계하느라 자리를 비울 수 없네."

"물론입니다. 이런 일 정도는 당연히 저에게 맡겨주셔도 됩니다."

카이는 책상 위에 올려져 있는 감찰사의 명패를 챙기며 눈을 빛냈다.

"아쿠에리아. 제가 한 번 탈탈 털어보겠습니다."

"……이게 누구신가?"

오랜만에 보는 타르달이 슬쩍 흘깃거리며 중얼거렸다.

"바빴던 일은 대충 마무리가 된 것 같군."

"여전히 바쁘지만, 이제 인사를 드릴 정도의 여유는 있습니다."

여유로운 목소리로 대꾸하며 자리에 앉는 카이를 가만히 응시하던 타르달이 입꼬리를 올렸다.

"……강해졌군. 항상 느껴지던 애송이의 풋내가 자취를 감추었어."

"하하. 아직 멀었습니다. 더욱 정진해야지요."

가만히 앉아 차를 홀짝이는 카이의 전신에서는 무형의 기운이 뿜어져 나왔다.

그건 단순히 위엄 스탯이 올랐기 때문만은 아니다.

위엄은 오히려 강림 스킬을 사용하며 크게 떨어진 상태.

'자신감 때문이려나.'

혼자서 10대 길드 중 한 곳을 무너뜨렸다는 자신감은 카이에게 강자의 여유를 선물해 주었다. 게다가 이전에는 미처 알아채지 못했지만, 검법 스킬이 고급 3레벨이 되며 바뀐 것이 또 하나 있었다.

'설마 이런 효과까지 있을 줄이야.'

왜 이전에는 벨 수 없던 것을 지금은 벨 수 있을까.

카이는 그에 대한 고민을 골똘히 해보았다. 자신이 올라선 경지를 정확히 알아야만 다음 계단을 밟을 수 있다고 생각했기 때문이다.

고민 끝에 나온 결론은 꽤 단순했다.

'몸의 균형이 놀랍도록 정교해졌어.'

몸의 균형이 완벽한 인간이란 없다. 사람은 성장하면서 습관이란 것이 생기게 마련이고, 그것은 몸의 균형을 해친다. 좌우 밸런스가 어긋나서 단순히 걸을 때조차 몸은 한쪽으로 기울게 된다. 하지만 현재 카이의 몸은 갓 조율한 피아노처럼 밸런스가 잘 맞춰져 있는 상태였다.

'허리가 곧게 펴지고 어깨와 목도 바르게 교정되었어.'

체감상 키도 조금 큰 것 같은 느낌. 습관처럼 움츠리던 굽은 어깨가 펴졌고, 거북이 같던 목은 기린처럼 곧게 솟았다.

그 모습은 보는 이로 하여금 굉장한 신뢰감과 안도감을 선사해 주었다.

지금의 타르달처럼.

"마침 추적자들이 애를 먹고 있는 일이 하나 있었는데, 자네가 가주면 될 것 같군."

"예. 오늘은 인사차 들린 거지만, 이번 일이 끝나는 대로 다시 오겠습니다. 그런데 무엇과 관련된 일이기에 추적자들이 애를 먹고 있습니까?"

"후우. 우리 왕국의 북쪽은 하비에르 왕국과 이어진 것을 알고 있겠지?"

"예. 사막 왕국으로 유명하죠. 하비에르는."

"맞네. 그곳과 이어진 덕분에 우리 왕국의 북부는 따뜻하네. 하지만 북서쪽은 그렇지않지."

"북서쪽이라면……."

잠시 대륙의 전도를 떠올린 카이가 고개를 끄덕였다.

"라시온 왕국의 북서쪽은 설산의 끄트머리와 연결된 곳이 잖습니까."

"그래. 이번엔 설산이 말썽일세."

"혹시 설산의 야만 부족들 때문입니까?"

"겨울만 되면 식량을 약탈하러 오는 설산의 야만 부족들도 문제지만…… 그들은 사람들을 죽일지언정 먹지는 않네."

그 한 마디에 카이의 눈빛이 바뀌었다.

"설산에 사람을 먹는 몬스터가 나타난 겁니까?"

"맞네. 게다가 보통 존재가 아니야. 추적자들이 마지막으로 남긴 메시지에 따르면 거대한 와이번이나 드레이크로 추정되네. 재수가 없으면…… 해츨링일지도 모르지."

"해츨링이라면 설마 드래곤?"

"태어난 지 500년이 채 되지 않은 어린 드래곤을 해츨링이라 부르지."

해츨링이라지만 무려 드래곤이 관계되어 있는 퀘스트!

카이는 주먹을 꾸욱 쥐며 설레는 표정을 지었다.

'그래. 이거지. 판타지 게임이라면 당연히 드래곤 정도는 나와줘야지!'

타르달의 말에 진한 로망을 느낀 카이는 대번에 고개를 끄덕였다.

"그 의뢰, 제가 찜해놓겠습니다. 절대 다른 누군가에게 줘서는 안 됩니다."

"글쎄. 피해가 점점 커지는데 자네가 늦는다면 어쩔 수 없겠지. 일주일 안에 오게."

"일주일. 알겠습니다."

반드시 일주일 안에 감찰 퀘스트를 끝내겠다는 의지를 피력한 카이는 타르달의 저택을 나섰다.

'좋아. 호랑이를 잡으려면 호랑이 굴에 들어가야겠지.'

카이는 슬쩍 고개를 돌려 아쿠에리아가 한눈에 내려다보이는 언덕 위의 저택을 바라보았다.

"아이고! 감찰사 나으리께서 이렇게 젊은 모험가이실 줄은 몰랐습니다. 하하하!"

살이 뒤룩뒤룩 찐 돼지가 이마를 반짝거리며 아부를 늘어놓았다.

'이 녀석이 바리탄인가.'

크라포드와 엘레느의 이야기를 알고 있는 카이는 아니꼬운 마음이 들 수밖에 없었다.

하지만 그러한 속내를 숨긴 카이는 입가에 밝은 미소를 걸치며 입을 열었다.

"예. 제가 이번에 도시를 감찰하게 됐어요. 감찰을 시행하는 이유는 아시겠지요?"

"흐흐흐. 물론입니다. 제 입으로 이런 말을 하기는 뭐하지만…… 승작을 위한 절차이지요?"

"맞습니다. 물론 영지의 치명적인 결함이 발견되면 물 건너가겠지만."

"어이쿠! 저희 영지는 꿈과 사랑, 우정이 가득한 곳이랍니다. 얼마든지 둘러보십시오."

카이의 뒤꽁무니에 따라붙은 바리탄 남작은 쉴 새 없이 떠들며 아부를 늘어놓았다.

"감찰사님의 명성이 왕국을 진동시키고 있습니다. 화이트홀에서부터 내려오는 영웅담은 벌써 왕국 젊은이들의 가슴에 불을 지핀 상태이지요. 거기다 이번에 비르 평야에서 뮬딘 교들의 대군을 무찌른 일화는 정말이지!"

사르르륵.

그의 아부에 적절히 맞장구를 쳐주던 카이는 감찰사에게 주어지는 서류를 뒤적이며 물었다.

"몇 년 사이에 영지의 매출이 세 배나 뛰었네요. 어떻게 된 일인가요?"

"모험가들 덕분이지요. 아시다시피 저희 도시는 아름답기로 유명해서 연인들이 즐겨 찾는 명소입니다. 모험가들이 자주 와서 돈을 물처럼 써주니 자연스레 매출이 뛸 수밖에요."

"흠……."

3년이라. 미드 온라인이 오픈한 지 1년 정도가 되었으니 게임 시간으로는 딱 일치하는 시간이었다.

'확실히 모험가들이 돈이 되기는 하지.'

자신의 영지인 리버티아가 얼마나 많은 돈을 벌어다 주고 있는지를 떠올린 카이가 고개를 끄덕였다. 시간이 흐를수록 인터넷에서 입소문이 퍼지는 리버티아는 현재 최고의 관광 명소로 꼽히는 중이었으니까.

'드워프들까지 데려오면 난리가 나겠어.'

서류를 훑고, 바리탄의 안내를 받아 도시를 돌아본 카이는 밝은 미소를 지었다.

"정말 훌륭한 도시입니다. 폭풍적으로 성장한 아쿠에리아를 보니, 영주님의 능력은 안 봐도 뻔한 것 같습니다."

"오오오, 그 말씀은……?"

"영지의 감찰은 이것으로 마쳐도 될 것 같아요."

탁.

말을 마치고 서류철을 덮는 카이의 행동에 바리탄 남작이 어리둥절한 표정을 지었다.

"예……? 감찰은 보통 일주일에서 길면 한 달까지 제법 디테일하게 행해진다고 들었습니다만……."

"모험가들은 '빨리, 빨리'가 모토입니다. 특히 제 고향은 더 그렇습니다."

땅덩어리가 좁고 인구가 밀집된 지역은 한정되어 있다.

당연히 주변의 모두가 경쟁 상대!

같은 물건을 지니고 있다면 먼저 제공하는 것이 성공을 위한 지름길이었다. 물론 그러한 사실을 알 리 없는 바리탄 남작은 일말의 불안감을 느꼈다.

"저어…… 정말 감찰을 이것으로 끝내셔도 되는 겁니까? 혹시 평가에 뭔가 불이익은……."

"절대 없을 겁니다. 절 믿으세요."

애초에 카이는 이런 영지에서 한 달이나 썩고 있을 생각이 눈곱만큼도 없었다.

'일주일 안에 돌아가지 못하면 드래곤 퀘스트가 물 건너가. 그런데 여기서 느긋하게 감찰이나 하고 있으라고?'

차라리 영주를 모르는 곳이라면 신경이라도 더 써줬을 터. 하지만 다행히도 이곳의 영주에 대해서는 카이도 잘 알고 있었다.

"그럼 이틀 뒤 왕성에서 폐하께 보고를 올릴 테니 아침까지 왕성으로 와주십시오."

"오, 오오오……! 감사합니다. 감사합니다!"

바리탄 남작의 얼굴에선 광대인지 볼살인지 지방인지 알 수 없는 무언가가 승천하듯 위로 솟아올랐다.

그 모습을 쳐다보던 카이는 말없이 웃었다.

이틀 후 아침.

카이는 오랜만에 방문한 왕실의 팽팽한 긴장감에 미소를 지었다.

'역시 왕성의 분위기는 마음에 들어. 고결한 기분이 든다고나 할까.'

항상 시끌벅적한 도시의 번화가나 볼 것이 아무것도 없는 사냥터와는 다르다. 사람도 많고 눈을 사로잡는 건축물이나 예술품이 끝내주도록 많지만, 고요한 곳. 그것이 바로 왕이 거주하는 왕성의 위엄이었다.

"카이 님. 베오르크 국왕 폐하께서 알현을 허하셨습니다."

"그럼 바로 들어가지요."

카이가 슬쩍 고개를 돌려 바짝 얼어 있는 바리탄 남작에게 눈짓했다.

"따라오십시오."

"네, 네……. 그런데 이쪽 분은 누구십니까?"

"제 수행원입니다. 신경 끄시고 알현실로 입장하지요."

카이는 두툼한 로브를 덮고 있는 사람의 어깨를 두드리며 알현실로 들어갔다.

항상 그래왔던 것처럼 머리를 푹 숙이곤, 앞으로 걸어가 무릎을 꿇었다.

"고개를 들라."

알현실에 울려 퍼지는 낮고 육중한 베오르크의 목소리.

그의 목소리가 다시 한번 카이의 귓가를 울렸다.

"감찰사 카이에게 묻는다. 그대가 보기에 아쿠에리아의 눈부신 발전에는 일절 거짓이 없었더냐."

모든 것을 꿰뚫어 보는 왕의 눈이 빛난다.

"예. 아쿠에리아의 성장에는 그 어떤 조작이 없었습니다. 눈부신 성장은 사실입니다."

"그곳의 백성들은 면면에는 항상 웃음이 걸려 있더냐."

"제가 확인한 바에 의하면 그랬습니다."

"호오."

고작 남작을 자작으로 승작시키는 일이다. 베오르크 국왕에게는 이보다도 더 중대한 일이 산더미처럼 쌓여 있었다. 때문에 그는 카이의 말이 거짓이 아니라는 것을 확인한 순간, 손을 휘저었다.

"이 시간부로 바리탄의 품계를 남작에서 자작으로 승작시킨다."

그의 성정과 딱 걸맞은 깔끔하고 쾌속한 진행!

바리탄의 입은 누가 봐도 귀에 걸릴 정도로 올라갔다.

"가, 감사하옵니다. 폐하! 저 바리탄, 이 한 몸을 바쳐 폐하게 충성을 바칠 것을 맹세……!"

"그런데 국왕 폐하. 궁금한 것이 있습니다."

바리탄 남작이 자작이 된 감동적인 순간, 카이가 그의 말을 자르며 입을 열었다.

이에 베오르크 국왕은 흥미로운 표정을 지으며 물었다.

"흐음. 무엇이 궁금하지?"

"제가 알기로 라시온 왕국에는 아인종을 노예로 삼는 것이 불법인 것으로 알고 있습니다만, 아닙니까?"

"물론이다. 아인종들은 대륙의 위기마다 인간을 도와주었던 고마운 전우들. 외모가 아름답다는 이유로 그들을 노예로 삼는 것은 국법 위반이다. 그건 갑자기 왜 묻지?"

베오르크의 입에서 만족스러운 답을 얻어낸 카이가 진한 미소를 지으며 고개를 돌렸다.

"이제 로브를 벗고, 얼굴을 공개해 주십시오."

그 말에 카이가 수행원이라고 데려온 인물이 천천히 로브를 벗었다.

로브 아래에서 드러난 것은 아름다운 미녀의 얼굴이었다.

"처음 뵙겠습니다. 인간 왕국의 왕이시여."

옥구슬이 굴러가는 것처럼 부드러운 목소리가 그녀, 엘레느의 입에서 흘러나왔다.

64장
설산

"인간 왕국의 왕이라, 재미있는 단어를 사용하는군. 그대는 누구인가?"

베오르크가 한쪽 손으로 제 턱을 쓰다듬으며 호기심을 드러냈다.

이에 엘레느는 살포시 웃으며 폴리모프를 해제했다.

그러자 로브 밑으로 드러나는 그녀의 싱싱한 물고기 꼬리!

"……설마 인어족의 일원인가?"

전혀 예상치 못한 전개에 베오르크는 물론, 바리탄 남작까지 당황한 표정을 지었다.

물론 두 사람의 머릿속에 떠오른 생각은 각각 달랐다.

'인어가 왜 이곳에……?'

'저년이 왜 여기에……?'

잊을 수 없는 엘레느의 얼굴을 쳐다본 바리탄 남작의 얼굴이 새하얗게 질렸다. 과거의 어느 날, 그녀를 광장에 전시하며 자신의 노예처럼 굴리던 기억이 떠오른 탓이었다.

그의 얼굴이 백지장처럼 하얗게 질린 것을 확인한 베오르크가 정신을 차리며 입을 열었다.

"그래. 바다의 수호자께서 왕성에 친히 발걸음을 한 이유를 물어봐도 되겠나."

"물론이옵니다. 그저…… 저는 이 남자에 대한 이야기를 조금 하고 싶을 뿐이에요."

엘레느는 조곤조곤. 마치 손자에게 옛날이야기를 들려주는 할머니처럼 말을 이어나갔다. 그녀의 말이 끝났을 때, 베오르크는 고개를 끄덕였다.

"그렇군. 그대의 말에는 거짓이 없음을 알겠다."

"구, 국왕 폐하! 아, 아니옵니다!"

"무엇이 아니라는 거지?"

베오르크의 무감정한 눈동자가 바리탄을 꿰뚫었다.

절대자의 눈빛을 마주한 바리탄은 곧 들통 날 거짓말을 늘어놓지도 못하고 울먹거리기만 했다.

"번복하는 것을 싫어하는 성격이나 오늘만큼은 나의 말을 정정해야겠군. 이 시간부로 바리탄 자작의 모든 직위를 박탈하고, 그를 국가법 위반의 죄인으로 취급한다."

"아, 아아아……!"

알현실의 기사들에게 끌려 나가는 바리탄 남작을 쳐다보는 카이의 귓가로 익숙한 알림음이 들렸다.

띠링!

[권선징악 효과가 발동합니다.]

[국법을 위반하고 사리사욕을 채우던 영주의 작위를 박탈시켰습니다.]

[박탈시킨 영주의 작위는 '자작'입니다.]

[선행 스탯이 40 상승합니다.]

[태양 목격자의 효과로 선행 스탯이 20 추가로 상승합니다.]

'좋았어!'

카이가 주먹을 불끈 쥐었다. 사실 그는 처음부터 바리탄 남작이 승작을 하지 못하도록 막을 수 있었다.

'엘레느의 이야기가 베오르크 국왕의 귀에 들어간다면 확실하게 막을 수 있었지.'

하지만 그는 아쿠에리아에 도착한 순간 생각을 달리했다.

'가만, 그러고 보니 권선징악이라는 효과가 있었지?'

부패한 영주의 작위를 박탈시켰을 때 선행 스탯을 지급하는 시스템!

게다가 작위의 등급에 따라 지급되는 선행 스탯이 다른 것으로 추정되었다.

'지난번에 화이트홀에서 남작의 작위를 박탈시켰을 땐 선행 스탯이 25개 들어왔어.'

그렇다면 자작은 어떨까?

카이는 더 큰 보상을 위해 며칠의 수고를 더 들였고, 리버티아에 들러 엘레느까지 데려왔다.

그 결과는 대성공!

'단번에 선행 스탯이 60이나 상승하다니, 이런 적은 한 번도 없었어.'

카이는 지난번에 강림 스킬을 사용하며 그 힘에 전율했다.

동시에 걱정했다.

'한 번 사용할 때마다 선행 스탯이 20개씩 사라지다니, 장기적으로 봤을 땐 손해야.'

강림 스킬은 자신의 전투력을 제물로 삼아 순간적인 힘을 폭발시키는 행위와도 같았다. 선행 스탯이 아깝지만 위기의 순간에는 쓸 수밖에 없는 스킬.

때문에 카이는 다짐했다.

'선행 스탯. 지금부터 악착같이 선행 스탯을 모아야 해.'

어차피 결과적으로는 나쁜 놈을 처치하는 일이었다.

'더 극적인 효과를 얻기 위해선 때로 적과 악수를 나눌 수도

있어야지.'

그것이 카이가 바리탄 남작과 함께 웃고 떠들었던 이유!

베오르크는 카이를 가만히 응시하더니 입을 열었다.

"그대는 처음부터 그가 어떤 사람인지를 알고 있었군."

'이크.'

역시 정치인들 사이에서 매일을 살아가는 괴물.

카이는 굳이 거짓을 입에 담지 않았다. 어차피 그에게는 진실을 꿰뚫어 보는 절대자의 눈이 있었으니까.

"예. 맞습니다."

"왜이지?"

"더 높은 곳에서 떨어져야 더 많이 다칠 것 아닙니까."

"……."

카이의 뻔뻔한 대답에 할 말을 잃어버린 베오르크가 옅은 한숨을 내쉬었다.

"뭔가 더 숨겨진 속내가 있는 것 같긴 하지만…… 어쨌거나 그대는 임무를 잘 완수해 주었다."

띠링!

[영지 감찰 퀘스트가 완료되었습니다.]

[라시온 왕국 공헌도가 15,000 상승하였습니다.]

[하인드 백작과의 호감도가 상승하였습니다.]

성공적으로 보상을 챙긴 카이가 인사를 마치고 돌아가려는 순간, 베오르크의 목소리가 그를 잡았다.

"이제 어디로 갈 생각이지?"

"타르달님께서 설산에 임무가 하나 있다고 하셨습니다."

"호오. 타르달은 그 임무를 자네에게 맡길 셈인가……."

두 눈에 이채를 띤 베오르크가 잠시 생각을 하더니 고개를 끄덕였다.

"나의 백성들이 고통을 받는 중이다. 비단 어둠 추적자의 임무만은 아니지. 그 일을 성공적으로 해결한다면 나 또한 라시온의 국왕으로서 그대에게 감사를 표하겠다."

[왕의 명령]

[난이도 : A-]

[라시온의 국왕 베오르크는 최근 설산 지역에서 벌어지는 주민들의 실종과 죽음에 크게 안타까워하고 있습니다. 이 문제를 조속히 해결하면 그에게 보상을 받을 수 있을 겁니다.]

[성공할 경우 : 라시온 왕국 공헌도 20,000, 명성 20,000 상승.]

"언제나 그래왔듯, 최선을 다하겠습니다."

카이가 다분히 영업적인 미소를 걸치며 방긋방긋 웃었다.

엘레느를 리버티아로 돌려보낸 카이는 반가운 얼굴을 마주했다.

"……카이인가?"

바체 댄 블랙. 철혈 기사단의 단장이자 검으로는 극의를 보았다고 알려지는 젊은 괴물.

그는 카이의 달라진 모습에 살짝 놀란 눈치였다.

"모험가들은 신기하군. 그 짧은 시간에 용케도 그 정도 수준까지……."

혼자 중얼거리던 그가 말을 이었다.

"예전에 했던 약속을 지키러 온 건가."

예전의 약속. 그것은 훗날 검술에 자신이 생겼을 때 찾아오면 대련해 준다는 내용이었다.

'바체와의 대련이라면 나도 얻는 것이 많겠지.'

무려 소드 마스터라고 불리는 이와의 대련이니 당연하다.

하지만 카이는 고개를 설레설레 저었다.

"마음은 굴뚝같지만, 조금 더 미뤄두겠습니다."

아는 만큼 보인다. 그 말이 꼭 들어맞았다.

카이는 검술 스킬이 고급 3레벨임에도 불구하고 과거 바체가 검 한 자루로 행했던 기적을 흉내낼 생각조차 못 하는 수준이었다.

'최소 고급 5레벨. 그 정도는 찍고 바체를 찾아와야 얻는 것이 더욱 클 거야.'

기다림의 미덕을 잘 알고 있는 카이는 절대 조급해하지 않았다. 전 세계의 누구보다 앞서 있는 자신이다. 스스로 조급함에 바보짓을 하고 싶지는 않았다.

"흠. 의외로군. 맛있는 사탕이 있다면 먼저 까먹는 타입이라고 생각했는데."

"과거에는 그랬을 수도 있지만, 지금은 아닙니다."

씨익, 웃어 보인 카이가 걸음을 옮기며 그와 대화를 이어나갔다.

"아, 그런데 바체 님. 혹시 드레이크나 와이번, 드래곤을 만나보신 적이 있습니까?"

"드레이크와 와이번은 숱하게 만나봤다. 드래곤을 만난 적은 없지만. 그건 왜 묻지?"

"최근 설산 지역에 나타난 몬스터가 그것들 중 하나일 가능성이 크다고 해서요."

"아아. 그 얘기였나. 설마 그 문제를 해결하러 가게 되었나?"

"예."

카이의 대답에 납득을 마친 바체가 천천히 고개를 끄덕이며 말했다.

“드레이크는 하늘을 날지 못하지만 강인한 두 다리로 지상을 뛰어다니는 몬스터다. 때때로 불을 뿜어내기도 하고, 비늘도 질겨서 웬만한 실력으로는 검으로도 놈의 피부에 생채기를 내지 못해. 튼튼한 두 다리가 강점인 녀석이지. 반대로 와이번은 두 다리가 볼품없는 대신 날개를 지니고 있다. 하늘을 계속해서 부유하며 불을 쏴대는 녀석은 귀찮기 그지없지. 만약 와이번을 상대한다면 날개를 먼저 자르고, 드레이크를 만나게 된다면 다리부터 공격해라.”

“드래곤을 만난다면요?”

우뚝.

카이의 질문에 몸을 세운 바체가 미간을 찌푸렸다.

“드래곤은 나도 만나본 적이 없지만…… 드레이크와 와이번의 조상으로 여겨지는 존재. 마법의 조종으로 불리는 그들은 신체적인 약점도 존재하지 않는 것으로 알려져 있다. 다만, 소문에 의하면 그들의 목에는 비늘이 거꾸로 난 곳이 있다고 칭해지지.”

“역린인가요?”

역린. 용의 목에 거꾸로 나있는 비늘을 의미한다. 동양의 전설에 따르면 용을 길들인 자라 할지라도 이곳을 건드리면 용에게 물려 죽는다.

'그게 드래곤한테도 있나 보네.'

재미있는 사실을 알게 된 카이가 바체에게 꾸벅 인사를 했다.

"뭐, 제가 생각해도 드래곤을 만나게 될 것 같지는 않지만. 만나게 되면 꼭 역린을 찾아서 공격하겠습니다."

"건투를 빌지."

바체가 짤막한 응원을 던졌다.

"후우, 후우."

카이가 거친 호흡을 뱉어낼 때마다 하얀 입김이 그의 시야를 가렸다.

'무진장 춥잖아.'

타르달과 만나 임무를 받은 그는 지체 없이 설산 지역으로 떠나왔다.

현재 그가 향하는 곳은 설산의 초입에 있는 한 마을. 텔레포트 게이트도 없는 낙후된 지역으로, 유저들도 잘 찾지 않는 NPC들의 거주지였다.

'이 옷이라도 없었다면 큰일 날 뻔했어.'

현재 카이는 유하린에게 건네받은 트리플 헤드 오우거의 가죽으로 만든 옷을 입고 있었다.

물론, 자신의 소환만을 기다리는 블리자드에게도 한 벌을 선물한 상태.

미믹에게도 선물하고 싶었지만 생각해 보니 그건 무리인 듯 싶었다.

'보통 상태의 미믹은 그냥 몰캉몰캉하니깐.'

슬라임이 어떻게 옷을 입겠는가.

카이는 기뻐하던 블리자드의 모습을 떠올리며 마을이 위치한 곳으로 다가갔다.

"후우."

마침내 도착한 마을의 입구엔 성채라고 부르기엔 민망한 목책이 망루와 함께 세워져 있었다.

"음? 모험가인가?"

망루에서 경계를 서던 보초 두 명이 카이를 신기한 듯 쳐다보며 말을 걸었다.

"이런 험지에도 모험가가 오다니. 확실히 모험가들이 강하긴 한가 보군."

"매우 빠른 속도로 강해진다는 소문이 있었지 않나. 그럴 수도 있지."

서로 수다를 떨던 그들은 별다른 확인 작업 없이 목책의 문을 열어주었다. 마을로 들어선 카이는 스페셜 칭호로 최초의 마을 방문자를 획득할 수 있었다.

'효과가 그리 좋지는 않네. 냉기 저항력이 조금 상승하는 정도인가.'

하지만 그 효과만으로도 몸이 따뜻해지는 기분은 들었다.

옷에 덕지덕지 묻은 눈덩이를 털어낸 카이는 가만히 서서 마을을 주욱 둘러보았다.

마을의 이름은 코르도. 검고 단단해 보이는 통나무로 지어진 집들이 옹기종기 모여 있는, 크리스마스 때 주고받는 편지지에 나올 법한 동화 속의 마을처럼 보였다.

"자, 그럼 여기서부터 단서를 찾아야 한다는 건데……."

언뜻 보기에도 마을의 규모는 그리 크지 않았다.

많아봐야 30세대를 넘지 않는 소규모 마을. 집 밖에서 걸어 다니는 마을 사람들은 처음 마주하는 모험가를 경계하고 있었다.

'우선 저들의 마음에 걸려 있는 빗장부터 풀어야 사건에 대한 실마리라도 얻겠어.'

카이는 사람은 몰라도, NPC와의 친화력만큼은 발군인 사나이!

그는 이제는 익숙하게까지 느껴지는 간이 진료소를 즉석에서 열었다.

'사람은 자신을 치료해 준 이에게 호감을 갖게 되는 법.'

카이가 그 생각은 옳다고 느끼는 데에는 두 시간이 채 걸리지 않았다. 코르도에서 오픈한 카이의 진료소의 평가는 그리 나쁘지 않았다.

"진료소라? 흐음. 떠돌이 모험가가 뭐 얼마나 치료를 잘하겠냐만……."

"있어서 나쁠 건 없지. 아픈 사람이 있다면 한 번쯤 가보라고."

"거, 제법 용한 구석이 있군 그래. 신관인가?"

"오오. 제법 시원하군 이거."

주민들은 카이의 진료를 환영하기는 했지만, 반응 자체는 생각보다 싱거웠다. 그들의 시들한 반응은 카이가 고개를 기울이게 만들었다.

'프리카나 화이트홀에서는 진료소를 열 때마다 반응이 폭발적이었는데…….'

덕분에 선행 스탯도 한몫 두둑하게 챙길 수 있었다. 하지만 설산의 마을에 살고 있는 이들은 생각보다 건강 상태가 좋고 청결했다.

'게다가 크게 부상을 입은 사람도 없어.'

하나같이 청결하고, 건강하다. 그 때문에 전체적으로 호감도가 오르기는 했지만, 선행 스탯이 올라가는 일은 없었다.

'하긴. 내가 잘하고, 쉽게 할 수 있는 일을 한다고 무조건 선행인 건 아니지.'

무언가를 필요로 하는 사람들에게 그것을 베푸는 것. 그것이 바로 미드 온라인에서 인정하는 선행의 조건이었다.

'자, 그럼…….'

카이는 그대로 진료소를 접었다. 비록 선행 스탯을 올리지는 못했지만, 소기의 목적은 달성한 셈이었으니까.

'전체적으로 호감도가 올라서 이제 날 경계하는 사람은 몇 없어.'

그 말은 단서 찾기를 시작할 수 있다는 뜻!

카이는 적극적으로 마을을 돌아다니며 주민들과의 대화를 시도했다.

"흠. 사건이라? 설산에서는 하루하루 사건이 터지게 마련이지."

"외지인? 글쎄…… 주기적으로 마을을 방문하는 상단을 제외하고는 외지인이 마을을 방문한 적이 없는 것 같군. 지난 반년을 통틀어도 자네 정도일까?"

마을 주민들과의 대화에서는 딱히 단서를 얻을 수가 없었다. 하지만, 한 가지 질문을 던지면 모두가 일관된 반응을 보였다.

"최근에 나타난 사람을 먹는 몬스터라고? 끄응……."

"크흐흠. 나는 잘 모르겠군."

"설산의 해는 빨리 떨어지네. 자네도 얼어 죽기 싫으면 잠을 잘 곳 정도는 알아봐야 할 게야."

모두가 카이의 눈을 피하고, 말끝을 흐리며 자리를 피하기 시작했다.

'뭐지?'

눈매를 가늘게 뜬 카이는 아담한 마을을 훑었다. 마을은 고작 높은 언덕에 올라왔다고 한눈에 들어올 정도로 작은 규모였다.

'이런 소규모의 지역 사회가 무언가를 감추려고 한다……. 대체 왜?'

미드 온라인에서 몬스터란 곧 인간의 적이었다.

인간을 적대하고, 죽이는 그들은 힘없는 주민들에게는 공포의 대상!

그들을 사냥하는 모험가가 나타나면 주민들은 두 팔 들고 환영을 하는 것이 당연했다.

'하지만 말을 꺼내는 것 자체를 꺼리는 분위기야. 이건 마치…….'

공포에 사로잡힌 인간의 모습과 비슷했다.

머리를 벅벅 긁은 카이는 점점 어두워지는 하늘을 보며 마을을 돌아다녔다. 하지만 놀랍게도 마을마다 존재하는 여관이나 쉼터가 존재하지 않았다.

"끄응. 이건 예상 못 했는데."

돈이 있으니 여관을 찾아가면 된다고 생각했다. 때문에 마을을 둘러보기보다 주민들만 찾아다니며 대화를 나눴다.

설마 잠잘 곳을 구하라는 말이 이런 의미였을 줄이야.

'몬스터 이야기를 꺼낸 후로는 주민들이 나와 말도 잘 섞지 않으려고 해.'

저들끼리 무슨 이야기를 나눴는지 몰라도, 카이가 다가가기만 해도 후다닥 자리를 피했다.

'이래서야 단서는커녕…….'

설산에서 잘 곳을 구하지 못해 얼어 죽을 판!

아무리 트리플 헤드 오우거의 가죽옷이 따뜻하다고 하지만, 설산의 새벽이 지닌 추위와 칼바람을 막아내기엔 역부족일 것이다.

'끄응, 신출귀몰로 다른 마을의 여관에라도 가야 하나?'

카이가 낭패한 표정을 짓고 있을 때, 한 여인이 그에게 다가왔다.

"저…… 모험가님. 혹시 잠자리를 찾고 계시나요?"

"예? 그렇습니다만……."

고개를 돌리며 대꾸를 하던 카이의 눈이 살짝 커졌다.

'이 여인은…….'

자신이 진료를 했던 손님이었기에 기억이 났다. 수척하고 여윈 얼굴은 누가 보기에도 병자처럼 보였다. 그 때문인지 먼저 진료소를 찾은 주민들도 선뜻 그녀에게 차례를 양보할 정도였다.

'하지만 신성력으로 치료를 해봐도 별다른 메시지는 떠오르지 않았어.'

햇살의 따스함은 미드 온라인에 존재하는 최상위급 회복 스킬이다. 만약 그녀가 병에 걸렸었다면 스킬을 사용하는 순간 정화되었을 터.

'그냥 마른 사람이겠지.'

그것이 카이가 내린 결론이었다.

여인은 가볍게 고개를 숙이며 입을 열었다.

"지금 동생이 집을 비운 상태라 방이 남아요. 괜찮으시다면 저희 집에서 하루를 묵으세요."

"그래도 되겠습니까? 정말 감사합니다!"

밤을 지샐 곳을 찾은 카이는 안도의 한숨을 내쉬며 그녀를 따라갔다.

다른 집들과 마찬가지로 흑색 통나무로 지어진 아담한 주택. 하지만 안으로 들어가는 순간 카이는 익숙한 기분을 느꼈다.

'이 기분은…….'

사람의 온기가 느껴지지 않는 차가운 집. 자신이 편의점에 들렀다가 오피스텔에 들어올 때면 늘 받는 느낌이었다.

여인이 문을 닫자 카이는 어색한 미소를 지으며 물었다.

"저…… 다른 가족분들은?"

"부모님은 어려서 돌아가셨고, 저와 남동생이 함께 살고 있었습니다만…… 남동생은 현재 집을 비운 상태예요."

"……."

그 말은 한창때의 여인과 단둘이라는 뜻!

잠시 고민하던 카이는 그녀의 눈치를 보며 조심스레 말을 꺼냈다.

"저기, 혹시 제가 있는 것이 불편하시다면 저는 괜찮으니 말씀해 주세요."

"아니에요. 오히려 모험가님이 와주셔서 너무나도 안심이 된답니다."

서글픈 표정을 지어보인 여인은 카이를 올려다봤다.

"모험가님. 사람을 먹는 몬스터에 대해 묻고 다니셨지요?"

"예, 맞습니다."

"혹시 그걸 묻고 다니시는 연유를 여쭤봐도 될까요?"

"그야 물론 몬스터를 처치하게 위해서이지요. 혹시 알고 계신 거라도 있으십니까?"

카이가 당당한 목소리로 말을 꺼내자, 여인이 희미한 미소를 지으며 입을 열었다.

"알다마다요. 왜냐하면……."

말끝을 흐린 여인은 입고 있던 외투를 조심스럽게 벗기 시작했다.

"자, 잠시만요! 지금 뭘 하시는……!"

카이가 황급히 제 눈을 가리며 소리치자, 여인은 여전히 차분한 목소리로 입을 열었다.

"눈을 뜨고 이걸 봐주시겠어요?"

"저, 저는 아직…… 이런 건 사랑하는 연인들끼리. 서로의 마음을 충분히 확인한 후에!"

"……지금 대체 무슨 상상을 하시는 거죠?"

마치 벌레를 향해 말하는 듯한 차가운 목소리. 이에 정신이 번쩍 든 카이는 실눈을 뜨며 눈가를 가리던 손을 치웠다.

"아……!"

시야에 들어온 그녀는 여전히 옷을 입고 있었다. 다만, 나시를 입고 있어서인지 양쪽의 팔뚝이 훤히 보였다.

그런 그녀의 한쪽 팔뚝을 가득 메우고 있는 건 칠흑의 문신. 모양은 뱀처럼 구불구불한 검은색의 무언가를 형상화하고 있었다.

"이 문신은……?"

시시각각 검은색의 흉포한 연기가 새어 나오는 기분 나쁜 문신이었다.

카이가 굳은 표정으로 묻자, 여인이 다시 외투를 입으며 설명했다.

"제 이름은 루나. 카이 님이라고 하셨지요? 전 카이 님이 찾으시는 몬스터와 만난 적이 있어요. 그래서…… 이렇게 저주에 걸리게 되었지요."

"저주라고요?"

자신은 몬스터가 사람을 먹는다는 단서 하나밖에 들은 것이 없다.

'어둠 추적자들이 지닌 단서도 그게 전부라고 했어.'

싸움의 흔적을 통해 그것이 파충류의 일종이라는 것은 알았지만, 그것이 전부였다. 그런데 설마 저주를 거는 몬스터일 줄이야.

카이의 머릿속에서 드레이크와 와이번이라는 선택지가 빠르게 사라졌다.

'저주를 거는 건 웬만한 지능으로 할 수 있는 게 아니야.'

몬스터들의 지능은 보통 레벨과 비례하여 높아진다. 300레벨이 넘는 몬스터가 활동하는 설산 지역에서 몬스터들을 무시했다간 함정에 걸려 사망할 수도 있는 일. 하지만 마법은 전혀 별개의 문제였다.

'몬스터가 마법을 사용하려면 아예 마법사 클래스거나……'

뛰어난 지능을 지니고 있어야 한다.

'블리자드만 해도 리자드맨 치고는 굉장히 똑똑하지만, 마법은 무리야.'

지금만해도 녀석에게 가끔씩 인간의 언어를 가르치고 있는데, 배우는 것은 5살짜리 아이보다 느린 편이었다.

'적은 역시 드래곤인가?'

카이의 눈이 반짝이자, 루나가 말을 이었다.

"사룡의 그림자와 마주치고 받은 저주의 낙인이에요."

"사룡의 그림자라고요?"

확실해졌다. 자신이 쫓던 몬스터는 드래곤이 맞았다.

"예전부터 설산을 돌아다닌다고 일컬어지는, 설화 속에서나 볼 수 있는 일종의 전설이지요."

"그런데 실제로 만나셨잖습니까?"

"네. 어른들의 말씀에 따르면 수백 년 동안 잠들어 걱정 없다고 들었는데……."

"……깨어난 거군요."

"제 느낌일 수도 있지만, 잠에서 막 깨어난 지금 극심한 배고픔을 느끼고 있는 것 같아요. 실제로 최근 다른 마을에서도 저주의 낙인을 받는 이들이 점점 많아지고 있거든요."

"한 번 낙인이 찍히면 어떻게 됩니까?"

"……죽어요. 일종의 표식이거든요. 제가 자신의 먹잇감임을 설산의 모든 존재에게 알리는 거죠. 저를 건드리지 말라는 직접적인 경고나 다름없어요."

"경고라."

과연.

카이는 햇살의 따스함으로 그녀를 치유할 수 없었던 이유도 어렴풋이 깨달을 수 있었다.

'햇살의 따스함으로는 모든 병마와 상태 이상을 치유할 수

있어. 하지만…….'

사룡씩이나 되는 존재의 저주는 완전 별개의 영역이다.

최소 스킬 레벨을 고급까지는 올려야 정화가 가능할까 싶은 수준이다.

'아직 햇살의 따스함 스킬은 중급 7레벨이야. 고급이 되려면 멀었어.'

때문에 그녀에게 찍힌 저주의 낙인을 지워내지 못했을 터.

잠시 고민을 하던 카이는 재차 질문했다.

"사룡에 대해서 자세히 설명해 주시겠습니까?"

"사룡은…… 말 그대로 죽음을 관장하는 용이라고 일컬어져 왔어요. 본래 거주지는 설산이 아니었으나, 수백 년 전에 전설의 성기사인 패트릭 님에게 패배한 뒤 큰 상처를 입고 이곳까지 도망쳤다고 들었어요."

"음?"

익숙한 이름에 카이가 고개를 갸웃거렸다.

"방금 패트릭이라고 하셨습니까?"

"예. 카이 님도 태양교의 신관이시라면 알고 계실 텐데요?"

"물론 알지요. 다만 처음 듣는 무용담인지라……."

"그분의 무용담이야 셀 수도 없이 많으니 어쩔 수 없지요. 아무튼 사룡 시네라스는 큰 상처를 회복하기 위해 긴 잠에 빠져들었다고 들었어요."

"사룡이라……."

사람을 잡아먹는다는 괴물의 정체가 생각보다 훨씬 대단하다.

'레벨이 어느 정도 될까?'

사룡 시네라스. 이름에서부터 최소 500레벨은 넘을 것 같은 압도적인 위엄이 흘렀다.

'그렇다면 내가 할 수 있는 건…….'

이대로 왕궁으로 복귀하여 베오르크 국왕에게 사실을 고하고 기사들을 지원받는 것. 둘째는 커뮤니티에 공지를 올려서, 지난번 비르 평야 때처럼 유저들을 모집하는 것이다. 그리고 마지막은 전무후무의 스페셜 칭호를 위해 자신이 솔로 레이드를 시도하는 것이고.

'뭐, 도전하고 싶은 마음은 굴뚝같지만, 현실적으로 무리겠지.'

카이는 앞선 두 개의 선택지 중 하나로 마음이 기울었다.

"아흑."

그러던 찰나 루나가 제 팔을 부여잡으며 식은땀을 줄줄 흘렸다.

깜짝 놀란 카이는 그녀를 부축하며 황급히 물었다.

"갑자기 왜 이러세요. 팔이 많이 아프세요? 햇살의 따스함! 햇살의 따스함!"

"하아, 하아……."

팔에서 느껴지는 압도적인 고통에 루나가 입술을 꽉 깨물었다. 그렇게 5분 정도가 흐르고, 겨우 고통에서 해방된 루나의 눈가에 물방울이 고이기 시작했다.

"모험가님……. 저, 너무…… 너무 고통스러워요. 정말 죽고 싶을 정도로요."

"……."

"혼자였다면 진즉 목숨을 끊었을 텐데…… 며칠 전 저주의 대상을 죽이겠다고 남동생이 검과 도끼를 들고 집을 뛰쳐나갔어요. 저는 어차피 곧 죽을 목숨이라지만…… 그 아이는…… 제 동생은 아직 살날이 많이 남았어요."

루나는 뼈가 훤히 들여다보이는 앙상한 팔로 카이의 소매를 움켜잡았다.

"하룻밤 재워 드리는 게 전부인 주제에 이런 부탁하는 건 무리인 거 알아요. 하지만…… 제발. 제발 제 동생을 무사히 집으로 데려와 주세요. 어차피 제가 살아나는 건 기대도 안 해요. 하지만 그 아이만큼은……."

띠링!

[설산의 남매]

[난이도 : A-]

[사룡의 저주를 받은 루나의 남동생은 사룡을 처치하여 저주를 풀겠다고 집을 뛰쳐나갔습니다.

그가 집을 나선 것은 정확히 이틀 전.

그는 마을에서 가장 강한 전사이긴 하지만, 사룡을 상대하기에는 실력이 터무니없이 부족한 상태입니다. 루나의 남동생을 따라잡고, 그를 무사히 집으로 데려오십시오.]

[성공할 경우 : 알 수 없음.]

이후 루나는 기력을 잃었는지 그대로 고개를 떨구며 기절했다. 카이가 황급히 그녀의 머리를 받치자, 그녀의 눈가에서 흘러내린 뜨거운 눈물이 그의 손바닥을 적셨다.

"……하아."

기사들을 데려오고, 유저들을 끌어모으는 것은 좋다. 그러한 행위들은 당연히 사룡 시네라스를 처치할 수 있는 승률을 훨씬 높여줄 것이다.

'하지만…….'

그럴 시간이 없다. 그들을 데려오는 시간에도 루나는 이 끔찍한 고통을 혼자서 이겨내야 할 것이리라.

의지할 부모도 없고, 하나 남은 동생은 자신을 구한다고 사룡에게 홀로 찾아갔다.

카이는 그녀의 참담하고 고통스러운 심정에 미약하게나마 공감했다.

'총체적 난국이라는 게 이런 상황을 두고 하는 말인가.'

자신이 루나와 그의 동생을 구할 수 있는 유일한 방법은, 한시라도 빨리 시네라스를 죽이는 방법뿐이었다.

"후우."

카이는 짙은 한숨을 내쉬며 고개를 절레절레 흔들었다.

"……진짜 거짓말 안 하고, 하룻밤 묵는 값치고는 말도 안 되게 비싸네요."

[퀘스트를 수락합니다.]

"으으음……."

루나가 무거운 눈꺼풀을 들어 올리며 작은 소리를 냈다.

창문을 통해 들어온 설산의 햇빛이 그녀의 단잠을 깨운 것이다. 몸을 뒤척이며 다시 한번 잠을 청하려던 그녀는 이내 눈을 번쩍 떴다.

"아!"

그러고 보니 어제 모험가 신관과 이야기를 하던 중에 기절한 것이 기억이 났다. 루나는 자신을 침대에 눕혀준 그에게 상냥함과 부끄러움을 동시에 느끼며 거실로 나갔다.

"……없네."

누군가 있었던 것을 증명이라도 하듯, 평소보다 조금 더 따뜻한 온기만이 존재할 뿐. 거실은 조용했다.

'그래. 정신이 똑바로 박혀 있는 사람이라면 저 험한 설산으로 들어가 사람을 찾을 생각은 하지 않겠지.'

참 따뜻한 사람처럼 보였는데…….

루나는 자신의 욕심이 과했음을 탓하며 다시 방으로 들어가려 했다.

채앵, 챙, 채애앵!

"응?"

하지만 집 앞의 자그마한 공터에서 들려오는 소리가 그녀의 몸을 멈춰 세웠다.

'이 소리는?'

남동생이 있을 때는 자주 들어봤던 소리다. 동네 친구들이나 사냥꾼 아저씨들과 함께 검술 대결을 하는 소리였으니까.

'설마 소라, 그 녀석이?'

루나는 황급히 현관문을 열고 공터를 확인했다.

하지만 안타깝게도 그녀의 동생은 그 자리에 없었다.

"아, 일어나셨어요?"

"……모험가님?"

전날 밤 재워준 모험가와 그의 동료로 보이는 리자드맨 하나가 검을 나누고 있었을 뿐.

"잠시만 기다려 주세요. 곧 끝나니까요."

루나를 뒤로 물린 카이가 검으로 블리자드를 겨누며 말했다.

"너무 느려. 네 장점은 두 자루의 곡도를 통해서 쉴 새 없이 적을 몰아치는 거잖아. 하지만 이 정도 속도라면 절대 지금부터 만날 적들을 몰아칠 수 없어."

"쾌……."

블리자드가 시무룩한 표정으로 어깨를 축 늘어뜨렸다. 물론 그것도 잠시, 전사의 피를 타고난 그는 다시 한번 곡도를 빼들고는 무릎을 낮추며 부족 특유의 전투 자세를 취했다.

"와봐."

카이가 검 끝을 까딱이며 도발하는 순간, 블리자드의 두 다리가 바닥을 박찼다.

화아아아악!

'빨라!'

각자의 일을 하는 척하면서 두 사람의 대결을 구경하던 마을 사람들은 물론, 루나까지 깜짝 놀랐다. 이제 레벨 250이 되는 블리자드는 주 스탯이 힘과 민첩에 치중되어 있는 전사였다.

물론 숙련된 플레이어라면 레벨 230 정도만 되어도 블리자드를 상대할 수 있을 터.

'그야 보유한 스킬들의 숫자가 다르니까.'

때문에 카이는 블리자드의 검술 등급에 신경을 쓰기 시작했다.

'두 자루의 곡도를 다루는 유저에 대해선 들어본 적 없어.'

한마디로 블리자드를 상대하는 유저들은 생소한 무기를 상대하는 것과 다름없다. 블리자드의 강점은 바로 그곳에 있었다.

'처음 상대하는 무기. 그리고 생각을 길게 할 수 없을 정도로 몰아치는 맹공!'

그것이야말로 블리자드가 지닌 최고의 강점!

카이는 블리자드가 최소 동레벨 유저 두 명 정도는 상대할 수 있을 만큼 성장시키고 싶었다.

'하지만 내 옆에 있어서는 그게 잘 안 될 수도 있어.'

블리자드와 자신의 레벨 차이는 이제 70에 가깝다. 게다가 선행 스탯으로 능력치가 뻥튀기된 자신은 레벨에 비해 훨씬 어려운 사냥터를 전전할 터.

'혼자 수행을 보내는 것도 이야기는 해놨으니까.'

카이는 이번 대련이 끝나면 블리자드에게 홀로 사냥을 시킬 생각이었다. 그는 알아서 자신의 레벨에 맞는 사냥터를 찾아갈 것이고, 그곳에서 끝없는 싸움을 통해 강해질 것이다.

'블리자드가 죽는다고 해도 다시 소환시켜 주면 되고.'

이미 본인과도 이야기가 끝난 상태였다. 블리자드는 자신이 이대로 있으면 카이에게 도움이 될 수 없다는 것을 잘 알고 있었다. 때문에 그는 오히려 수행 이야기가 나왔을 때 뛸 듯이 기뻐했다.

채애앵!

매서운 곡도 공격의 사이, 찰나의 빈틈을 꿰뚫은 카이의 검날이 블리자드의 가슴을 두드렸다.

"빈틈 많아. 고쳐."

끄덕끄덕.

카이가 검을 집어넣자 블리자드도 자신의 검집에 곡도를 잘 집어넣었다.

"……."

어린아이를 학교에 처음 보내는 부모의 심정을 알 것 같았다. 카이는 블리자드에게 골드 주머니와 식량을 챙겨주며 신신당부했다.

"정 배가 고프면 그걸로 밥이라도 좀 사 먹고."

끄덕끄덕.

"싸우기 전에는 꼭 상대방의 수준을 확인하고 덤벼야 된다."

끄덕끄덕.

"그리고 하루 두 시간씩 국어 공부도 하고."

"……."

카이는 블리자드의 어깨를 강하게 두드렸다.

"강해져서 돌아와라."

"크라라라!"

블리자드가 오른손으로 제 가슴을 쿵쿵! 짧게 끊어치며 함성을 터뜨렸다.

"기특한 녀석."

어깨에 봇짐을 매달고 하산하는 녀석의 뒷모습을 쳐다보던 카이가 피식 웃었다.

'뭐, 그래도 계속 싸우다 보면 한 번쯤은 죽을 테니. 길어야 일주일 정도 뒤면 볼 수 있겠지.'

미믹은 굳이 딸려 보내지 않았다.

왜냐고?

신기한 능력을 지닌 몬스터를 발견할 경우, 흉내 내기를 사용해야 하기 때문이다.

가볍게 생각을 정리한 카이는 루나에게 고개를 돌렸다.

"루나 님, 사룡에 대해서 여쭤볼 것이 있습니다."

"제가 답해 드릴 수 있는 것이라면, 무엇이라도."

루나가 힘차게 고개를 끄덕이며 각오를 드러냈다.

'어디 보자…….'

코르도를 뒤로한 카이는 설산의 깊은 곳으로 들어온 상태였다.

루나가 선물해 준 방한 마스크와 모자, 신발과 장갑은 추위를 막는 데 정말 큰 도움이 되었다.

'설산이라. 에베레스트 같은 산을 기대하고 있었다만.'

눈보라가 몰아치는 순백의 세상은 한 치 앞도 잘 보이지 않았다. 때문에 카이는 얌전히 고개를 숙인 채 다리만 놀리며 사룡에 대한 정보를 정리했다.

'사룡 시네라스. 수백 년 전 패트릭에게 큰 상처를 입은 뒤 도망친 드래곤.'

시네라스가 패트릭의 검에 큰 상처를 입고 설산으로 도망쳐 왔을 때, 녀석을 본 사람들은 많다고 한다.

물론 수백 년이 지난 지금은 모두 죽고 없지만, 당시의 상황은 입에서 입으로. 마치 설화처럼 전해져 오고 있었다.

"하얀 눈보다도 깨끗한 순백색 비늘의 드래곤."

루나는 근래 순백의 비늘을 지닌 용이 저 먼 봉우리 주변을 날아다니는 것을 보았다고 했다.

카이는 이 문장에서 시네라스의 정체를 유추할 수 있었다.

'시네라스는 아마 화이트 드래곤이겠지.'

커뮤니티를 뒤져 조사한 결과, 미드 온라인의 드래곤에 대한 다양한 정보를 얻을 수 있었다.

가장 기본적인 것은 우선 비늘의 색에 관한 정보였다.

'붉은 비늘은 화염을 사용하는 레드 드래곤, 푸른 비늘은 물을 사용하는 블루 드래곤, 검은 비늘은 암흑의 힘을 사용하는 블랙 드래곤…… 그렇다면 하얀 비늘은?'

이건 말할 것도 없다.

당연히 눈과 얼음을 관장하는 화이트 드래곤일 것이다.

'사실 비늘 색이 어떻고는 별 상관이 없어.'

중요한 건 레벨이다.

'아마 성체는 아닌 것 같아.'

해츨링과 성체, 그리고 고룡. 미드 온라인의 드래곤은 이렇게 세 개의 성장기로 분류되었다. 당연히 해츨링은 덩치도 작고, 마법도 미숙하며 지닌 힘이 약했다. 물론 드래곤은 딱히 노력을 하지 않아도 시간이 지날수록 강해지는 사기적인 종족. 성체가 된 드래곤은 국가에서도 신경을 쓸 정도로 강력한 존재였다.

'그리고 마지막이 고룡.'

제국조차 무서워할 정도의 힘을 지닌 존재.

'커뮤니티에 따르면 이제 대륙에는 고룡이 없다고 들었는데.'

애초에 드래곤 자체가 몇 남아 있지 않았다는 설정이다. 성체 드래곤들은 다들 자신의 영역을 떠나지 않고 있다는 것도 추가적으로 입수한 정보.

'그렇다는 말은…….'

사룡 시네라스는 해츨링일 가능성이 매우 높다. 애초에 드래곤 성체라면 아무리 패트릭이라고 할지라도 이길 수 있었을까 의구심이 든다.

"화이트 드래곤의 해츨링일 가능성이 크구나."

정리를 마친 카이는 한참이나 산을 올랐다. 설산의 몬스터들도 눈보라 치는 곳에서는 습격을 하지 않는지 조우한 몬스터들도 없었다.

그렇게 꼬박 하루가 걸려 봉우리의 정상을 차지한 카이는 함성을 터뜨렸다.

"하……!"

구름을 포함한 세상 모든 것이 제 발아래에 깔려 있는 아찔한 광경!

그것은 산의 정상을 차지한 자만이 누릴 수 있는 권리였다.

'이곳 봉우리에 오면 시네라스의 둥지가 보인다고 했는데…….'

경치를 감상하며 여운에 잠기는 것도 잠시.

카이는 몸을 돌려 시네라스의 둥지를 찾기 시작했다.

"저곳인가?"

저 멀리 보이는, 거대한 눈의 산맥에서도 가장 높은 봉우리. 그곳의 정상에는 마치 구멍이라도 뚫린 것 같은 커다란 굴이 보였다.

동시에 카이의 표정이 심각해졌다.

'……저기까지 가려면 최소 며칠은 걷기만 해야겠는데?'

루나의 남동생은 코르도 마을 제일의 전사라고 했다.

그리고 평생을 설산에서 살았으니 자신보다 산을 훨씬 잘 탈 것이고, 이틀 정도 먼저 출발했으니 이미 한참이나 앞에 있을 것이다.

'이대로는 못 쫓아가.'

초등학교를 졸업한 이후로 걷기 대회에 단 한 번도 참여해 보지 않은 카이였다. 아무리 게임 속이라고 해도, 며칠 동안 한 곳을 향해 걷는다는 건 끔찍한 일.

'뭔가 방법이……'

카이가 턱을 괴고 골몰히 생각에 잠겨 있을 때, 예상치 못한 알림창이 떠올랐다.

[블리자드의 사냥으로 7,102의 경험치를 획득했습니다.]

"아."

수행을 떠난 블리자드가 마침내 첫 번째 사냥감을 무사히 사냥한 것이다.

'녀석, 레벨에 맞는 사냥터를 찾았나 본데? 역시 내 펫들은 하나같이 기특하다니까.'

팔불출처럼 흐뭇한 표정을 짓던 카이가 이내 고개를 갸웃거렸다.

"잠깐만. 혹시……"

카이는 다시 한번 몸을 돌려 주변을 둘러봤다.

한참이나 무언가를 찾던 그는 제법 가까운 봉우리와 봉우리의 사이. 이름 모를 협곡에서 열심히 찾던 무언가를 발견할 수 있었다.

'있다! 와이번 둥지!'

카이는 미믹의 흉내 내기를 통해 와이번으로 변신, 시네라스의 둥지까지 단숨에 날아갈 생각이었다.

'킹 샌드웜으로 변신해서 갈 수도 있지만……'

그건 무조건 산사태가 일어날 수밖에 없는 방법이다.

설산 아래에 마을들이 있다는 것을 떠올리면 절대로 해서는 안 되는 행위.

카이는 자신의 목적지를 변경했다.

끼룩, 끼룩! 까아아악!

"……"

와이번이 왜 갈매기 소리를 내는 건지는 모르겠다. 하지만 카이는 그들의 울음소리가 점점 커지자 미소를 지었다.

'대충 방향만 보고 온 건데, 이쪽이 맞나 보네.'

봉우리에서 쳐다본 와이번의 둥지에는 어른 와이번이 두 마리밖에 없었다.

'레벨이 몇인지는 모르겠지만. 두 마리라면 문제없지.'

허공을 날아다니는 몬스터를 어떻게 잡을 것인가에 대한 대비책도 끝났다.

"업그레이드, 신성 사슬."

철그렁.

두꺼운 사슬을 손에 쥔 카이는 살금살금 협곡을 지나갔다.

'있다.'

협곡에 위치한 절벽. 와이번의 둥지는 그곳에 있었다.

'주위를 날아다니며 경계를 서는 것이 한 마리. 그리고 나머지 한 마리는 둥지를 감시 중.'

카이는 신성 사슬을 붕붕 돌리기 시작했다.

'하나, 둘…….'

눈여겨본 위치에 경계를 서던 와이번이 날아드는 순간. 카이의 왼손에서 두꺼운 신성 사슬이 포탄처럼 쏘아져 나갔다.

콰드드드득!

"끼라라락!"

사슬에 목을 휘감긴 와이번이 비명을 터뜨렸다.

"흐읍!"

카이는 두 다리로 바닥을 강하게 밟으며 양손으로 사슬을 당겼다.

펄럭, 펄럭!

와이번은 곧장 날개를 펼쳐 이에 저항하기 시작했다.

'날갯짓이 생각보다 센데?'

마치 줄다리기를 하는 것처럼, 좀처럼 녀석과의 거리가 줄어들지 않았다. 이에 카이는 황급히 중얼거렸다.

"업그레이드, 추적하는 빛의 화살!"

[추적하는 빛의 화살의 크기가 커지고, 관통력과 대미지가 증가합니다.]

많이는 필요 없다.

단 두 개, 그 정도면 충분했다.

피이이잉!

날카로운 파공음을 터뜨리며 쏘아진 빛의 화살은 와이번의 두꺼운 날갯죽지를 단번에 꿰뚫었다.

"끼루루루룩!"

허공을 부유하던 생물의 날개가 부러지면 다가올 미래는 하나뿐이다.

"으랴아압!"

추락이다.

카이가 젖먹던 힘까지 쏟아내 신성 사슬을 당기자, 죽어도 당겨지지 않던 것이 당겨지기 시작했다.

'온다!'

사슬의 끝에 묶인 와이번은 열심히 날갯짓하며 발악했지만, 구멍 뚫린 날개는 큰 도움이 되지 못하는 모양. 순식간에 끌려온 녀석을 기다리던 건 차디찬 협곡의 바닥이었다.

쿠우우웅!

"후우. 대미지가 상당한데?"

레벨 310짜리 와이번은 허공에서 추락을 했다는 것만으로도 체력이 절반이나 날아갔다.

게다가 엎친 데 덮친 격으로 놈은 현재 기절 상태!

"일단 미믹으로 이 녀석 흉내 내기를 좀 해야 하는데……."

현재 미믹의 레벨은 와이번보다 훨씬 낮아서 흉내 내기 스킬이 실패할 확률이 굉장히 높다.

"뭐, 상관없나."

꽁꽁!

와이번 한 마리를 성공적으로 속박한 카이는 미믹을 소환했다.

"성공할 때까지 계속하면 되겠지."

카이는 신성력을 머금은 손으로 와이번의 날개를 잘 문질러 줬다. 혹시라도 미믹이 날개 뚫린 와이번에 스킬을 쓰면 정말 큰일이니까.

"오오오오오오!"

카이가 비명과도 같은 환호성을 터뜨렸다.

코를 통해 들어와 가슴을 물론 배까지 가득 채우는 청량한 공기. 실시간으로 얼굴을 세차게 때리는 설산의 차가운 바람!

오직 창공을 가르는 와이번의 위에서만 느낄 수 있는 짜릿한 쾌감들이었다.

'시간은 제법 지체되었지만…….'

포박한 와이번을 미믹이 흉내 내기까지는 꼬박 한나절이라는 시간이 걸렸다.

레벨이 낮아서 계속해서 스킬이 실패했기 때문에 생긴 일!

물론 카이는 그 시간이 결코 아깝지 않았다.

'덕분에 시네라스의 둥지까지 일직선으로 갈 수 있게 되었어.'

말 그대로 시간을 어마어마하게 단축한 셈이었다.

"미믹, 고도를 낮춰줘. 저쪽 산맥을 훑으면서 올라가자."

카이가 와이번으로 변한 미믹의 머리를 쓰다듬으며 말했다. 그러자 날개를 접은 미믹이 순식간에 급강하하며 산맥의 위로 이동했다.

'음. 이 정도 속도면 못해도 두 시간이면 둥지에 도착하겠는데?'

마음을 느긋하게 먹은 카이는 미믹의 널찍한 등에 앉은 채 조금씩 가까워지는 둥지를 바라보았다.

'드래곤이라…… 과연 어느 정도나 강력할지 기대되는데.'

강적과의 싸움은 늘 위험을 동반한다.

패배하면 잃는 것이 있지만, 승리하면 얻는 것도 크다.

카이는 거듭된 위험들을 헤쳐 나오며 그 영원불변의 진리를 깨우쳤다.

'우선 스페셜 칭호 하나 정도는 무조건 나오겠지.'

운이 좋으면 두 개, 세 개를 얻을 수도 있으리라.

그뿐만이 아니다.

'못해도 레이드 보스 몬스터일 테니까…….'

드랍되는 재료 아이템들의 값어치도 천문학적일 터. 말도 안 되는 확률의 온갖 복권들보다 훨씬 가능성이 높은 것이 레이드다.

순전히 운에 모든 것을 맡기는 것이 아니라, 본인의 실력을 통해서 당첨을 쟁취해야 하니까.

이후로 두 시간을 더 비행해 둥지의 가까이 도착한 미믹이 돌연 괴성을 질렀다.

"끼룩! 끼루룩!"

"……울음소리까지 똑같은 거냐."

낮은 한숨을 내쉰 카이는 고개를 돌려 자신을 보고 있는 미믹과 눈을 맞추었다.

"갑자기 왜 그래?"

"끼루룩!"

미믹이 한 곳을 쳐다보며 열심히 끼룩거렸다.

'미믹이 이유 없이 이러지는 않을 텐데. 어디 보자.'

그곳으로 시선을 옮긴 카이가 눈을 반짝였다.

'사람!'

마치 에스키모족처럼 두꺼운 털 옷을 몇 겹이나 껴입어 부해 보이는 사내. 안타깝게도 세 마리의 예티에게 둘러싸인 그는 치열하게 저항하고 있었다.

'루나의 동생인가?'

카이는 미믹에게 부탁해 서둘러 그곳으로 접근했다.

"허억, 허억!"

남자를 포위한 예티들은 아주 조심스럽게, 순서대로 공격하며 그의 체력을 천천히 빼놓았다.

'아주 말려 죽일 생각이야.'

간만에 찾은 먹잇감을 절대 놓치지 않겠다는 의지를 예티들의 행동에서 엿볼 수 있었다.

"미믹, 내려오지 말고 있어."

와이번의 모습을 흉내 내었다고는 하나, 레벨이 낮아 스킬은 단 하나도 배우지 못한 상태. 괜히 내려왔다가는 예티의 공격 몇 번에 역소환을 당할 수도 있었다.

그 사실을 잘 알고 있는 카이는 미믹의 등을 박차고 그대로 지상으로 뛰어내렸다.

"크륵?"

허공에서 들려오는 기묘한 소리에 예티들이 고개를 들어 올렸다.

동시에 그들의 가슴을 연속적으로 강타하는 세 줄기의 강렬한 빛!

"홀리 익스플로전!"

눈덩이에 처박혀 몇 바퀴나 몸을 굴린 예티들은 머리를 흔들며 벌떡 일어났다. 눈을 부릅뜬 녀석들은 분노한 표정으로 눈 위에 착지한 카이에게 다가왔다.

'어그로는 제대로 확보했고.'

예티들을 무시한 카이는 걸음을 옮겨 남자에게 다가갔다.

갑작스러운 인물의 등장에 그는 당황한 목소리로 물었다.

"누, 누구십니까……?"

"지나가던 모험가입니다. 혹시 코르도 마을 출신이십니까?"

"예. 맞습니다만."

"아하. 혹시 성함이 소라?"

"엇."

청년이 눈을 동그랗게 뜨며 고개를 끄덕였다.

"그건 어떻게……."

"그쪽 누나가 보내서 왔습니다. 집 나간 동생을 좀 데리고 와달라고 부탁하더군요."

"누나가……."

아랫입술을 꽉 깨문 남자, 루나의 동생 소라가 고개를 흔들었다.

"누나의 부탁을 받았다면 모험가님도 모두 아시겠지요."

"시네라스의 저주 말입니까?"

"예. 전 그 저주를 풀기 전까지는 절대 돌아가지 않을 겁니다."

"후우."

누나를 생각하는 마음은 기특하다.

머리를 쓰다듬어 칭찬을 해주고 싶을 정도.

'하지만…….'

세상에는 누군가를 위하는 마음만으로는 할 수 없는 일들이 훨씬 더 많다. 예티 세 마리에 고전하는 그가 사룡에게 맞선다는 것 자체가 어불성설.

"저도 누나가 하나 있거든요. 매일 티격거리며 싸우지만, 정말 좋은 누나에요. 나이 차이가 제법 나서 그런지 몰라도 제가 어렸을 때부터 알게 모르게 배려도 많이 해줬고요. 그래서 저도 의지를 참 많이 해요. 만약 누나가 끔찍한 병에 걸린다면…… 저도 당신처럼 이성을 잃을지도 모르죠."

"……?"

카이의 뜬금없는 이야기에 소라가 눈만 깜빡거렸다.

"하지만 할 수 있는 일과 없는 일은 확실히 구분해야 합니다. 당신의 힘으로 사룡을 죽이는 건 무리예요. 마음만으로 소중한 이를 구할 수 있다면, 세상에 목숨을 잃는 사람은 단 한 명도 없을 거예요."

"하지만 그렇다고 제가 가만히 있을 수는 없는……!"

"가만히 있으라는 말은 안 했습니다?"

예티들을 쳐다보던 카이는 돌연 몸을 돌려 능청스럽게 어깨를 으쓱거렸다.

그와 동시에 소라가 깜짝 놀란 표정으로 소리쳤다.

"어어, 뒤! 뒤에 예티들이 기습을……!"

"사랑하는 사람의 옆에 있어주는 것. 그것만으로도 분명한 힘이 됩니다. 그러니까……."

소라에게 씨익 웃어 보인 카이가 사슬을 옆으로 집어 던지며 검을 뽑았다.

"요리는 요리사에게, 몬스터는 모험가에게 맡기세요."

서걱!

뒤도 돌아보지 않고 휘두른 카이의 검이 예티의 팔 한 짝을 그대로 절단했다.

"꾸워어어어어어!"

"굽긴 뭘 구워. 여긴 불도 안 지펴질걸?"

지나가는 아저씨도 웃지 않을 개그를 지껄인 카이는 곧장 몸을 돌리며 튀어나갔다.

동시에 다시 한번 휘둘러지는 검격!

그의 검은 한쪽 팔을 잃고 미쳐 날뛰는 예티의 가슴을 베고 지나갔다.

'음…… 하지만 얕아.'

카이가 인상을 찌푸렸다.

거리 계산을 실수했나?

아니, 그럴 리가 없다. 지금까지 카이가 검을 휘두른 시간만 족히 몇 달. 그런 초보적인 실수를 저지를 단계는 절대 아니라는 소리다.

'그렇다면 외부적인 변수가 문제인데……. 아, 눈 때문인가.'

카이가 자신의 두 다리를 내려다보았다.

걸을 때마다 쉽게 미끄러지는 눈밭은 전투에 커다란 영향을 주는 변수 중 하나였다.

'뭐, 이제라도 알았다면 됐어.'

자신에게 부족한 점, 고칠 점을 빠르게 파악하는 것은 랭커의 기본 소양 중 하나였다. 물론, 제 고집을 밀고 나가면서 잘나가는 재능충 랭커들도 상당했다.

하지만 카이는 이런 부분에서는 절대 자신의 습관을 고집하지 않았다.

외형은 동양인이지만 머리만큼은 서구적인 오픈 마인드!

'보폭을 조금 더 짧게 가져가면 될 것 같은데?'

순식간에 온몸에 버프를 휘감은 카이의 움직임이 이전과는 180도로 바뀌었다.

조금 전까지는 다리가 긴 어른이 멀리뛰기를 하는 것처럼 전력을 다해 달렸다면, 지금은 막 걸음마를 뗀 아이가 천천히 걸어 다니는 것처럼 조심스럽게 다리를 움직인 것이다.

그 단순한 변화만으로도 카이의 자세는 순식간에 안정되었다.

"그어어어어!"

예티의 주요한 공격 패턴은 거대한 덩치에서 비롯된 육탄전과 주변의 눈덩이를 한데 뭉쳐 던지는 것뿐이다.

'예티들의 발바닥은 눈 위에서 미끄러지지 않는 모양이야.'

절대 미끄러지지 않는 그들의 다리를 확인한 카이의 면상으로 거대한 주먹이 날아들었다.

"반보."

정확히 반보. 머리를 딱 그 정도 뒤로 물린 카이의 코앞에서, 예티의 주먹은 정확히 멈춰섰다. 예티 녀석의 다리 위치와 팔의 길이를 계산해서 내린 결론이었으니 틀릴 일은 없었다.

"끄, 끄어?"

당연히 맞을 줄 알았던 주먹이 상대방의 코앞에서 멈추자, 예티가 당황한 표정을 지었다.

"아쉽겠어. 네가 긴 팔 원숭이었으면 이거 맞았을 텐데."

서걱, 서걱, 서걱!

예티의 팔 한쪽을 회오리 감자처럼 썰어버린 카이는 그대로 몸을 숙여 녀석의 품으로 파고들었다.

"그어어어어!"

고통과 공포를 동시에 느낀 예티는 반대쪽 손으로 바닥의 눈을 빨아들였다.

그러자 순식간에 볼링공 크기로 압축되는 눈!

녀석은 그것을 카이에게 집어 던졌다.

쇄애애애액!

'예티의 스킬인가? 소리만 들어봐도 단순한 눈 따위는 아니야.'

아이들의 눈싸움이라면 눈 속에 돌멩이를 넣는 것만으로도 엄청난 반칙!

하물며 지금 날아드는 예티의 눈덩이는 바위처럼 단단해 보였다.

물론 그것이 놀랍기는 하지만, 무서울 정도는 아니었다.

"바위처럼 단단해 보인다는 건, 아무리 단단해도 바위 정도라는 소리잖아."

스겅!

카이가 가볍게 검을 아래에서 위로 올리자 절반으로 갈라진 눈덩이가 바닥에 파묻혔다.

"그, 그어어어……."

대적 불가의 강적!

카이가 포식자임을 깨달은 녀석들은 뒤도 돌아보지 않고 도망쳤다. 물론, 카이는 다 잡은 사냥감을 놓아줄 정도로 무심한 사람이 아니었다.

"추적하는 빛의 화살."

수백 다발의 화살은 빛을 받아 반짝거리는 눈밭 위를 가르며 예티들을 확실하게 처리했다.

깔끔한 승리!

카이는 획득한 스킬들을 적재적소에 사용하는 새로운 전투 스타일을 완성시킨 상태였다.

'지금이라면 골리앗 같은 녀석이 두 명 정도 달려들어도 할 만하겠어.'

내심 뿌듯함을 느낀 카이는 벙찐 표정의 소라를 향해 고개를 돌렸다.

"어때요, 역시 전문가에게 맡기는 편이 낫겠죠?"

소라는 미친 듯이 고개만 끄덕였다.

"끄응."

소라를 미믹의 등에 태워 마을로 돌려보낸 뒤, 카이는 얼마 안 남은 둥지를 향해 열심히 걸어가는 중이었다.

"아까 들은 소리가 마음에 조금 걸리네."

소라는 마을로 떠나기 전, 의미심장한 말을 남겼다.

'마치 군인들처럼 정렬된 수백의 몬스터들이 둥지로 들어가는 것을 목격했습니다. 부디 조심하십시오.'

그의 말만 들으면 침공 이벤트 때 도시들을 공격하던 몬스터 무리와 크게 다를 것이 없었다.

하지만 지금은 이벤트 기간도 아닌 상황.

'그런 놈들이 있을 리가 없잖아. 그야 몬스터들인걸.'

아무리 드래곤이라고 해도, 몬스터 수백 마리를 그렇게 조종하는 것이 가능할까?

"끄응. 둥지 안에 몬스터만 수백 마리가 있으면 혼자서는 공략이 어려울 텐데."

복잡한 머리를 벅벅 긁은 카이는 둥지의 영역에 들어서는 순간, 공기가 뒤바뀐 것을 느꼈다.

"……와. 감 좋네."

자신은 태양의 신체로 인해 날카로운 오감을 형성했다. 때문에 둥지 안에서 숨 쉬고 있는 시네라스의 기척을 감지할 수 있었다.

그런데, 그것은 자신뿐만이 아닌 모양.

'내 존재감이 저 둥지 안에서도 느껴진다고?'

둥지 안에서 자신을 향한 이유 없는 적대심이 솟구치는 것이 느껴졌다.

'드래곤은 자신의 영역에 대한 애착이 강하다고 했어. 레어 근처에 모험가가 얼쩡거리니 당연한 건가.'

카이는 옅은 미소를 지으며 고개를 끄덕였다.

'뭐. 어렴풋이 느껴지는 감각만 보면…… 레벨은 500 정도인가. 어렵기는 하지만, 못 이길 정도도 아니야.'

살짝 긴장이 풀리는 것을 느낀 카이는 시네라스의 둥지를 향해 천천히 걸어 들어갔다.

'우선 던전 최초 발견 버프부터…….'

챙기려는 순간. 둥지 안쪽에서 거대한 바람이 휘몰아치며 카이를 밖으로 밀어냈다.

"크윽……!"

두 다리를 바닥에 꽂아 넣고 몸을 엎드린 후에야 날아가지 않을 정도의 거센 광풍(狂風)!

엎친 데 덮친 격으로, 태양의 신체로 예민해진 오감이 연신 머릿속에서 경종을 울렸다.

"자, 잠깐만…… 이 녀석…… 설마?"

어렴풋이 느껴지던 시네라스의 기운이 점점 더 거대해지기 시작했다.

그 말인즉, 놈이 점점 가까워지고 있다는 소리.

"……드래곤이라고 너무 특별 취급해 주는 거 아니야?"

아무리 강력하다고는 하나, 일개 몬스터가 자신의 영역을 벗어날 정도로 자유롭다니!

콰아아아아앙!

둥지의 천장을 깨부수며 창공으로 솟아오른 거대한 백룡이 샛노란 파충류의 눈을 빛내며 카이를 노려보았다. 그의 눈동자에는 마치 철천지원수를 바라보는 것 같은 짙은 분노가 서려 있었다.

허공으로 비산한 천장의 돌무더기가 떨어지는 사이, 카이는 정신없이 알림창을 읽어내렸다.

띠링!

[설산의 지배자, 시네라스와 조우했습니다.]

[드래곤의 피어에 적중당합니다. 하지만 신화적인 직업의 격이 이에 저항합니다.]

[당신에게 시네라스의 각인이 새겨졌습니다. 사망 또는 상대를 처치할 때까지 로그아웃을 할 수 없습니다.]

'뭐? 죽거나 죽이기 전까지는 로그아웃을 못 해? 아니, 지금 중요한 건 이게 아니지.'

카이는 놈의 머리 위로 떠오른 간략한 정보를 확인했다.

[사룡 시네라스 LV. 550]

[태어난 지 천 년이 채 안 되는 해츨링, 자신을 제외한 모든 생명체를 증오하며 눈에 보이는 즉시 죽여 버리는 잔혹한 성정 때문에 죽음의 용, 사룡(死龍)이라 불린다. 패트릭에게 패배한 이후, 태양교의 신성력을 끔찍하게 싫어한다.]

'레벨 550……!'

카이가 게임을 시작하고 만난 몬스터 중 가장 강력한 상대다. 마음을 진정시키려고 해도 몸의 길이만 30미터는 될 것 같은 거체가 이를 방해했다.

하얀색 눈을 칠해놓은 것 같은 고고한 순백의 비늘. 한 번 펄럭일 때마다 강풍을 만들어내는 거대한 날개!

외형만 보기에는 마치 최고급 조각가가 빚어놓은 것처럼 아름다웠지만, 녀석의 커다란 두 눈에는 보기만 해도 몸서리가 쳐지는 흉포한 기운이 담겨져 있었다.

'녀석이 둥지를 나와서 이러는 게 나에겐 잘된 걸 수도.'

부하 몬스터들을 무시한 채 곧장 보스전을 치를 수 있다는 건 그리 나쁜 이야기가 아니었다.

물론, 마음의 준비를 하지 못했다는 점은 제법 불만이기는 했지만.

"감히 나의 영역에서 그 역겨운 기운의 냄새를 맡게 될 줄이야…… 찢어 죽여도 모자라는구나. 죽음으로 사죄하라!"

쿠우우우웅!

파괴된 둥지에 거칠게 내려앉은 시네라스가 입을 크게 벌리며 포효했다.

'얼씨구, 몬스터 주제에 언어 패치도 되어 있어?'

몰아치는 바람에 뒤로 밀려나던 카이가 놀란 표정을 지었다. 하지만 그것도 잠시, 놈의 커다란 눈동자가 카이의 눈과 마주쳤다.

그 순간 놈의 주변으로 수십 개의 마법진들이 기포라도 터지는 것처럼 생성되었다.

무려 서른 개!

"서, 설마 저게 다……?"

말도 안 되는 수준의 멀티 캐스팅!

단번에 전의를 상실한 카이는 뜨악한 표정을 지으며 서둘러 뒤로 물러났다.

'한두 개도 아니고, 서른 개라고?'

미드 온라인에서는 더블 캐스팅만 성공해도 재능이 있다는 소리를 들을 수 있다.

만약 세 개의 주문을 동시에 연산할 수 있는 트리플 캐스터라면? 랭커가 되는 것이 당연하고, 세계적인 길드에서도 스카우트를 하기 위해 미끼를 흔들어댄다.

'……서른 개.'

만약 단일 마법이었다면 이해는 되었을 것이다.

자신만 해도 추적하는 빛의 화살을 무더기로 만들어낼 수는 있으니까.

하지만 시네라스의 주변에 떠오른 마법진들은 각기 다른 속성, 다른 형태의 주문을 뿜어냈다.

콰아아앙! 파지지직!

설산의 눈을 녹이고, 얼리고, 지져 버리기를 반복하는 살벌한 주문들!

그 주문들의 목표가 된 카이는 열심히 뛰어다니며 이를 피하는 것이 최선이었다.

'허억, 허억. 접근하는 것조차 힘들어!'

마음 같아서는 녀석의 포악한 면상에 시원하게 칼침이라도 한번 박아주고 싶었다. 하지만 숨 쉴 틈도 주지 않고 쏟아지는 마법은 마치 개틀링건을 연상케 했다.

"크윽……!"

열심히 뛰던 카이가 바닥에서 솟아난 벽에 얻어맞고는 뒤로 튕겨 나갔다.

동시에 뒤와 옆에서도 솟아나는 얼음의 벽!

'젠장, 해츨링이라고 방심했는데…… 이렇게 강할 줄이야!'

그렇다면 과연 성체와 고룡은 어떤 말도 안 되는 수준의 몬스터일지!

등 뒤로 식은땀을 흘리던 카이는 얼음의 감옥이 완성되기 전, 바닥을 미끄러지며 가까스로 그곳을 빠져나왔다.

"어림 없다!"

콰드드드드득!

시네라스가 거대한 앞발로 바닥을 때리자 땅이 뒤흔들렸다. 동시에 고요하던 산이 비명을 내지르기 시작했다.

"아……."

카이가 똥 씹은 표정을 지으며 설산의 위쪽을 바라보았다.

쿠드드드드드득!

자신의 두 다리를 지탱하고 있는 땅이 흔들리기 시작했다.

이것이 의미하는 바는 간단했다.

'눈 덮인 산에서 이 정도 지진이라면?'

산사태다. 그리고 그 예상이 사실이라고 외치기라도 하듯 오랜 시간 동안 쌓여 마치 한 몸처럼 고정되어 있던 눈들이 잘게 흩어지며 흘러내리기 시작했다.

"아니지. 이건 아니지! 이런 공격은 반칙 수준이잖아!"

자신이 여태껏 단 한 번도 겪어보지 못한 수준의 싸움!

시네라스와는 싸움다운 싸움조차 해보지 못했다.

마법 스킬들을 피하는 것도 모자라, 이제는 자연재해까지!

"젠장, 신성 사슬!"

순식간에 신성 사슬을 소환한 카이는 이를 던져 시네라스의 발목을 휘감았다.

'저거에 휩쓸리면 끝이다!'

성난 파도처럼 쏟아지는 새하얀 벽을 마주한 카이는 할 수 있는 모든 방어 스킬을 사용했다.

"흥. 가소롭구나."

하지만 드래곤은 일반적인 몬스터와는 생각이 깊이 자체가 달랐다. 순식간에 카이의 의도를 파악한 녀석은 윈드 커터를 사용해 신성 사슬을 잘라냈다.

"이런!"

쏟아지는 눈의 파도!

인간이 아무리 위대해도 자연에 저항할 수는 없듯, 카이의 몸은 눈에 파묻혀 그대로 뒤로 밀려났다. 그 모습을 여전히 분노한 눈빛으로 바라보던 시네라스가 고함을 내질렀다.

"얼음의 감옥에 파묻혀 고통스러운 죽음을 맞이하여라. 아이스 필드!"

쩌저저저저적!

카이의 전신을 감싸고 있던 눈들은 순식간에 얼음이 되어 그를 구속하는 족쇄가 되었다.

"커억……!"

가슴 부근에서 딱딱하게 굳어버린 얼음은 카이가 주먹으로 두드려도 깨질 기미가 안 보였다. 애초에 가슴 아래의 모든 부분이 얼어버렸기 때문에, 두 팔에는 힘조차 잘 들어가지 않았다.

'망했다.'

울상을 지은 카이의 눈앞으로 알림 메시지가 떠올랐다.

[상태 이상 '동결'에 걸렸습니다.]

[상태 이상 '동상'에 걸렸습니다.]

[상태 이상 '저체온증'에 걸렸습니다.]

[동상의 효과로 1,305의 대미지를 입었습니다.]

[동상의 효과로 1,281의 대미지를 입었습니다.]

…….

밑도 끝도 없이 쏟아지는 메시지들!

눈동자를 신경질적으로 굴려 그것들을 치워 버린 카이가 중얼거렸다.

"그래도 이대로는 못 죽지. 태양 분신."

[선행 스탯 5개가 영구적으로 소모됩니다.]

[레벨 222, 카이(분신)가 소환되었습니다.]

지난번과 마찬가지로 빛으로 이루어진 인영이 순식간에 자신의 눈앞에 만들어졌다.

물론, 분신은 아이스 필드의 속박에 걸리지 않은 상태!

카이는 별다른 명령을 하지 않았지만 녀석은 단번에 상황을 파악하더니 그를 도와주었다.

"후우, 얼어 죽을 뻔했네. 고맙다."

온몸에 붙은 얼음 알갱이들을 툭툭 털어낸 카이는 분신에게 까딱 고개를 끄덕이며 고개를 올렸다. 잠깐이라지만 산사태에 휩쓸렸기에, 이제는 제법 거리가 멀어진 시네라스의 둥지가 눈에 들어왔다.

'접근조차 하지 못했어.'

계속해서 쏟아져 내리는 서른 개의 마법들.

솔직히 마법의 대미지 자체는 크게 아프지 않았다.

'내 마법 저항력은 굉장히 높은 편이야. 솔직히 짜증이 나기는 하지만 대미지 자체는 회복하면서 버틸 만해.'

다만, 공격의 템포가 너무 빨라서 놈에게 접근할 기회 자체가 없다는 것이 문제였다.

'역시 드래곤이라면 최소 레이드 등급의 몬스터겠지. 그렇다면……'

자신도 정말 레이드를 하는 것처럼 공략을 해야 할 터.

카이는 일말의 고민 없이 입을 달싹였다.

"나이트 오브 나이트메어, 서임. 강림, 사도의 영혼은 체란티아로. 빛의 군단!"

이번 전투에서 소모된 선행 스탯만 무려 25개!

평소였다면 그 수치가 아까워서 배가 살살 아파 왔겠지만, 지금만큼은 아니었다.

'든든하구나.'

오십의 듀라한과 서른이나 되는 빛의 전사들!

백이 채 되지 않는 숫자였지만 카이는 그 어느 때보다도 든든함을 느꼈다.

"이 녀석들이라면 가능해."

시네라스는 설명에 의하면 태양교의 신성력을 끔찍히 싫어한다.

'아마 던전에 가만히 있는 게 아니라 나와서 이러는 것도…….'

자신이 한때 그를 패배시킨 태양교의 사도, 패트릭과 같은 기운을 다루고 있기 때문이리라.

"예민한 녀석. 드래곤 주제에 신성력을 감지할 수 있는 능력이 있는 건가?"

카이가 주체할 수 없는 미소를 지었다.

그게 사실이라면, 오히려 잘 되었다.

'음?'

통쾌한 복수를 마치고 둥지 안쪽에서 쉬고 있던 시네라스의 거대한 눈꺼풀이 위로 올라갔다.

이어서 파르르 떨리는 두 눈동자.

그는 주변의 공기가 진동할 정도의 분노를 재차 뿜어냈다.

'설마 얼음의 감옥을 빠져나왔나? 그런데도 아직 정신을 못 차리고……'

콧김을 훙 불어낸 녀석은 다시 한번 날개를 펄럭이며 비상할 준비를 했다.

"찢어 죽일 태양교의 신관들! 그 역겨운 기운을 사용하는 놈들은 나의 영역 근처에 다가올 생각도 하지 못하게 만들어 주지."

콰아아앙!

다시 한번 둥지를 벗어나 허공에 날아오른 시네라스는 불시에 기습을 받았다.

콰드드드드드득!

"크윽, 대체 어떤 녀석이!"

설산의 하늘의 자신이 지배하고 있는 자신의 영역!

그런데 그곳을 날아다니며 자신을 기다리고 있는 이들이 있었다.

'이 역겨운 냄새는……'

킁킁, 코를 씰룩인 시네라스가 하늘에서 느껴지는 수십의 신성력들을 느끼며 소리쳤다.

"네놈들도 태양교와 관련이 있는 놈들이로군!"

터져 나오는 분노와 함께 다시 한번 그의 주변을 마법진들이 가득 채웠다.

마치 신이 심판을 내리기라도 하듯, 마법진에서 뿜어져 나오는 각양각색의 주문들!

하지만 빛의 전사들은 노련했다. 체란티아와 함께 오랜 시간을 함께한 백전노장의 천사들답게, 날아드는 주문을 모조리 격추시키거나 회피하며 끊임없이 시네라스를 귀찮게 만든 것이다. 오히려 서른 개의 주문을 혼자서 모두 상대한 카이와는 달리, 1인당 하나 정도의 마법만 상대하면 되었기에 그들의 움직임은 제법 여유로웠다.

"크롸아아아아아! 이 날파리 같은 것들……!"

드래곤의 피부는 단단하다. 온몸을 뒤덮고 있는 비늘은 웬만한 검격에는 흠집조차 나지 않을 정도!

하지만 하나둘씩 쌓여가는 생채기는 고통과는 별개로 시네라스의 자존심을 벅벅 긁어댔다.

"만물의 조종이라 불리는 드래곤 족이…… 감히 이깟 벌레들에게!"

다음 순간, 시네라스는 하늘을 날아다니는 빛의 전사들을 깡그리 무시한 채 설산의 바닥으로 하강했다.

쿠우우웅!

설산에서 그가 추락하기만을 기다리던 듀라한 중 몇 마리가 시네라스의 몸통과 발바닥에 짓눌리며 그대로 사망했다.

"음?"

콰앙, 콰아아아앙!

"크아아아아아악!"

듀라한은 사망할 때 폭발을 일으키는 몬스터!

시네라스는 비늘이 감싸고 있지 않은 발바닥에 커다란 상처를 입으며 고통을 토해냈다.

"가, 감히 내게 이런 고통을 느끼게 하다니……."

샛노랗고 커다란 눈으로 주변을 두리번거린 시네라스의 시선이 한쪽으로 휙 하니 돌아갔다.

"그곳에 있었구나!"

남다른 역겨움이 느껴지는 장소!

자신이 찾고 있던 건방진 모험가 신관 놈이 분명했다.

"놈이 입고 있던 장비가 확실하다."

결론이 내려진 순간, 시네라스의 가슴이 크게 부풀었다.

동시에 새하얗던 녀석의 목 부근이 빨갛게 부어오르기 시작했다.

"크르르르륵……."

만약 대륙의 도서관을 전전하며 드래곤에 대한 정보를 모으는 이들이 이 광경을 봤다면 소스라치게 놀랐을 것이다.

현재 시네라스가 하고 있는 행동은 드래곤이 태어날 때부터 지닌 최고의 공격 무기.

브레스를 사용하기 위한 준비 단계였으니까.

"쿠오오오오!"

마침내 그의 가슴이 최대한 팽창하며 브레스를 쏘아낼 준비를 마쳤을 때,

시네라스는 일말의 고민 없이 그것을 모험가 신관에게 뿜어냈다.

화르르르르륵!

설산의 차가운 공기를 깨끗하게 지워버리는 강렬한 화염의 브레스!

이에 직격당한 듀라한 무리와 모험가 신관의 형체는 흔적도 없이 사라져 버렸다. 마찬가지로 설산이라는 이름에 어울리던 봉우리 몇 개는 높아져 버린 온도의 여파로 눈이 깨끗하게 녹아 증발한 상태.

"큭, 가소롭기는……."

꺼어억.

시네라스는 마치 트림을 한 사람처럼 입맛을 다시며 만족스

러운 음성을 뱉어냈다. 하지만 그것도 잠시, 그의 예리한 감각이 머리 위에서 빠른 속도로 다가오는 무언가를 감지했다.

"음?"

고개를 들어 올리는 순간, 시네라스의 왼쪽 눈에 카이의 검이 그대로 처박혔다.

푸욱!

크아아아아아아아아아악!

"와우. 화이트 드래곤인 줄 알았는데, 레드 드래곤이었어?"

미드 온라인의 드래곤이 사용하는 브레스는 철저하게 속성의 영향을 받기 때문에 마음대로 바꿀 수가 없었다.

'한마디로 이 녀석은 확실한 레드 드래곤.'

설마 설산의 지배자인 사룡 시네라스가 알비노 증후군을 앓고 있는 레드 드래곤이었을 줄이야!

카이는 믿을 수 없다는 듯 부릅뜨고 있는 시네라스의 반대쪽 눈을 쳐다보며 피식 웃었다.

"아야, 아직도 상황파악이 안 되는 눈치네. 아까 네 브레스에 녹아버린 애는 내 분신. 입은 옷이 똑같아서 조금 헷갈리지?"

소라는 이미 진작에 마을에 도착했을 시간. 카이는 미믹을 역소환, 소환으로 다시 불러내고는 높은 하늘에 숨어 있던 상태였다.

'빛의 전사들이 신성력을 품고 있어서 다행이야. 나무를 숨

길 땐 숲에 숨겨야 하는 법이지.'

때문에 카이는 빛의 전사들은 일부로 하늘에, 자신의 분신은 언데드 사이에 배치시켜 놨다. 시네라스의 입장에선 하늘에 모여 있는 수십의 신성력 사이에서 자신을 파악하는 것보다, 언데드 사이에서 찬란하게 빛나는 분신의 신성력을 파악하는 것이 손쉬웠을 테니까.

"안타깝게 됐네. 하지만 명심해. 눈앞에 쉽고 편한 선택지가 있다고 그걸 냉큼 무는 순간……."

그것은 돌이킬 수 없는 치명적인 실수가 될 수도 있는 법.

"칼날 쇄도."

우우우우웅!

시네라스의 눈동자에 박힌 롱소드가 맹렬하게 회전하기 시작했다.

"……!"

드래곤의 몸으로 몇백 년간 쌓아 올린 강력한 정신력도, 생전 처음 겪어보는 생소한 고통 앞에서는 어쩔 수 없었다.

"커륵……. 커르르르륵!"

온몸을 덜덜 떨어대며 경련하는 시네라스!

게다가 될 놈은 뒤로 넘어져도 돈을 줍는다고 했던가?

[롱소드의 효과로 시네라스가 5분 동안 상태 이상 '침묵'에 걸

립니다.]

'드디어 터졌다!'

카이는 자신의 눈앞에 떠오른 메시지를 보며 주먹을 불끈 움켜쥐었다.

침묵 상태에 빠지면 스킬을 사용할 수 없게 된다.

온갖 종류의 마법을 사용할 수 있는 드래곤에게는 그야말로 악몽과도 같은 상태 이상!

"그 말은……."

앞으로 5분, 제 발밑의 이 귀여운 도마뱀을 신나게 두들겨 팰 수 있다는 소리였다.

65장

몰락한 금속의 왕국

이용 시간에 제한이 있는 뷔페에 가본 사람은 모두 공감할 것이다.

'한 그릇이라도 더, 맛있는 음식만으로 배를 채운다!'

지금 카이의 심정도 마찬가지였다.

5분이라는 제한적인 시간. 카이는 그 시간동안 시네라스에게 최대의 피해를 선물해 줘야 했다.

'우선 시네라스의 약점은 비늘이 덮고 있지 않은 곳이야.'

발바닥이나 손바닥, 눈동자처럼 피부를 직접적으로 공격할 수 있는 곳이 놈의 약점. 게다가 현재 시네라스는 스킬도 사용하지 못하는 상황이었다.

그 사실을 누구보다 잘 알고 있는 카이는 녀석의 눈동자에 박혀 있던 검부터 거칠게 뽑아냈다.

좌아아아악!

분수처럼 터져 나오는 피!

아무리 가상현실이라 해도, 검붉은 혈액이 자신의 몸을 뒤덮는 것은 끔찍한 경험이다.

그럼에도 불구하고 카이는 이를 무시하며 제 왼손을 갈라진 놈의 눈동자 속으로 집어넣었다.

"업그레이드."

스킬을 강화할 수 있는 스킬!

남들은 상상도 하지 못하는 유니크 등급의 스킬을 사용한 카이는 주저없이 입을 열었다.

"푸른 역병!"

뽀그르르…… 콰아아아아아앙!

스킬의 사용과 동시에 놈의 눈동자에서는 폭죽을 터뜨리는 굉음이 터져 나왔다.

강화된 푸른 역병이 놈의 눈동자 내부에서부터 거칠게 폭발한 것이다.

침공 이벤트 때 몬스터를 충분히 죽였기에 역병 기운은 이미 최고치인 100을 모아둔 상태!

"……!"

시네라스가 제 입을 쩍 벌렸지만 그 사이에서는 그 어떤 비명이나 단어, 심지어는 음절 하나조차 새어 나오지 않았다.

전신의 세포가 모두 죽어버린 것 같은 엄청난 고통!

눈에다가 후추나 소금만 뿌려도 아픈 법이다.

그건 상처에다가 뿌려도 마찬가지.

'그렇다면 다친 눈에다가 푸른 역병을 끼얹으면?'

푸른 역병은 후추나 소금 따위를 애들 장난으로 치부할 정도의 극독이다.

"사람의 눈에 존재하는 시신경은 뇌를 비롯해서 전신과 연결되어 있다고 하던데…… 드래곤은 과연 어떠려나?"

시네라스의 눈동자에서 폭발한 푸른 역병은 곧장 놈의 시신경과 혈관을 내달렸다.

"크아아아아아아아아아아악!"

몇 박자나 뒤에 튀어나오는 엄청난 비명!

시네라스가 그 큰 몸뚱이를 뒤흔들었다.

"웃차."

가볍게 뒤로 물러난 카이는 땅에 착지하며 녀석을 살폈다.

"아파! 아파! 아프다! 어흐흑…… 아프단 말이다! 크아아아아악!"

피 눈물을 줄줄 흘리던 시네라스가 그대로 쓰러졌다. 놈의 브레스 때문에 눈이 모두 녹아버린 봉우리에 몸을 눕힌 녀석은 바닥을 구르며 고통을 호소했다.

"아프겠지. 상상만 해도 아픈데, 직접 당하면 얼마나 아프겠어."

카이는 자신이 행한 일이었음에도 불구하고 몸을 부르르 떨며 진저리를 쳤다.

"거, 체력 한번 잘 빠지네."

시네라스의 체력은 매우 빠른 속도로 줄어들기 시작했다.

빛의 군단과 듀라한의 폭발로 가한 피해는 겨우 2% 남짓이었지만, 카이의 공격은 이미 15%가 넘는 체력 피해를 입힌 상태였다.

'거기다가 상태 이상도 아주 예술처럼 제대로 들어갔어.'

출혈과 중독, 그것들이 한데 모인 시너지 효과까지!

"이대로면 5분만 가만히 놔둬도 죽겠는데?"

어차피 시네라스는 5분이 지나기 전까지는 스킬을 사용할 수 없다. 그 말은 푸른 역병을 정화시킬 마법을 사용할 수도 없다는 뜻이다.

"해츨링이라 그런지, 드래곤이라는 네임밸류 치고는 싱거운 녀석이었어."

자신의 승리를 확신한 카이는 여유로운 마음으로 시네라스의 최후를 감상했다.

"크아아아아악!"

화르륵, 화르르르르륵!

시네라스는 마지막 발악이라도 하듯, 크게 부푼 가슴과 함께 브레스를 열심히 뱉어냈다.

'소용없어. 자신이 없다, 저런 거 맞고 죽을 자신이.'

물론 그건 카이에게만 국한된 이야기였다. 시네라스가 발악을 하면서 브레스를 뱉어낼 때마다, 빛의 전사 두세 명 정도는 꼭 이에 얻어맞아 소멸했다.

"체력 한번 쭉쭉 빠져서 좋네. 그럼 이제 가볼까."

본래 주인공은 항상 마지막에 등장하는 법!

시네라스의 체력이 절반까지 떨어지는 것을 기다린 카이는 더 이상 상황을 방관하지 않았다.

'아무리 해츨링이라고 하지만 드래곤이야. 변수를 최대한 줄일 수 있도록 여기서 끝낸다.'

화르르르르르륵!

"웃차."

카이는 곧장 허리를 숙여 자신에게 쏘아지는 브레스를 가볍게 피해냈다. 안타깝게도 카이의 뒤편에 있던 빛의 전사들 몇 명이 그대로 녹아 사라졌다.

"기습이라. 의도는 좋았지만 맞지 않으면 소용이 없어."

그의 행동에 대해 짤막한 평가를 내린 카이는 묵직하게 검을 휘둘렀다.

카이가 가장 먼저 노린 곳은 다름 아닌 날개. 혹시라도 고통에 적응한 녀석이 날아서 도망치지 않을까라는 고민 때문이었다.

서걱!

한 쌍의 날개가 종이처럼 부드럽게 잘려 나갔다.

카이는 다 잡은 먹잇감을 상대로도 최선을 다하는 자. 순식간에 전의를 상실한 시네라스는 카이의 무자비한 공격 앞에 걸레짝이 되어갔다.

"마지막으로 남길 말은?"

힘없이 한쪽 눈만을 깜빡이는 시네라스.

그 모습을 조용히 바라보는 카이의 시선은 차갑기만 했다.

"끝까지 자존심은 지키겠다는 건가."

그렇다면 그 의지를 존중해 줄 수밖에.

사룡 시네라스. 수백 년 동안 이 세계의 주민들을 공포에 떨게 만들면서, 본인이 공포 그 자체로 군림한 희대의 악룡.

서거걱 쿠우우웅!

셀 수도 없이 많은 사람들의 원한을 받았을 사네라스의 두꺼운 목은 허무하게 땅에 떨어졌다.

"후우……."

운이 좋아서 이겼다. 아닌 게 아니라, 놈이 해츨링이 아니라 성체였으면 자신이 죽어도 일백 번은 고쳐 죽었을 터.

게다가 푸른 역병을 놈의 몸 전체에 흘려보낸 것이 승리의 일등공신이었다.

피곤한 표정을 짓던 카이의 눈앞으로 수많은 알림창이 눈에 들어왔다.

[설산의 악몽, 사룡 시네라스를 처치합니다.]

[설산의 남매 퀘스트를 성공적으로 완료합니다.]

[스페셜 칭호, '해츨링 슬레이어'를 획득합니다.]

[스페셜 칭호, '최초의 용살자(龍殺者)'를 획득합니다.]

[레벨이 올랐습니다.]

[레벨이 올…….]

…….

레벨이 올랐다. 그것도 아주 많이.

카이는 지친 표정으로 그 알림창을 쳐다보더니 그대로 바닥에 쓰러졌다.

"후우. 만약 분신으로 뒤통수 치는 게 실패했다면……."

시네라스가 조금 더 신중했다면, 죽은 것은 자신이었을지도 모른다.

눈을 감은 카이는 가볍게 지난 전투를 복기해 보았다.

'아직 강하다고 하기에는 멀었구나.'

자신의 부족함을 여실히 알 수 있는, 말 그대로 허접한 전투였다.

'대형 몬스터들을 상대할 때는 신성 사슬에만 의존해 왔는데…….'

시네라스처럼 머리가 있는 몬스터라면 신성 사슬을 어떻게든 제거하려고 할 터.

카이는 자신의 전투가 완벽하지 않다는 쓰라린 사실을 깨우치며 자리에서 일어났다.

"……뭐, 찜찜한 건 찜찜한 거고. 우선은 당장의 승리부터 좀 누려볼까."

미처 읽지 못한 시스템 로그는 한참이나 더 남아 있었다.

[사룡 시네라스를 처치하여 던전-'사룡의 둥지'의 소유권을 획득합니다.]

[시네라스는 드래곤 일족에서도 배척을 당하던 이단아입니다. 그럼에도 불구하고 다른 드래곤들은 당신이 일족의 일원을 사냥했다는 것에 매우 큰 불쾌감을 느끼는 중입니다.]

[드래곤 일족과의 호감도가 대폭 하락했습니다.]

[사룡의 저주가 사라집니다.]

[저주의 낙인이 새겨져 있던 129명의 인간들이 당신을 칭송하기 시작합니다.]

[선행이란 면전에서 해야 할 때도 있지만, 받는 사람이 모르게

은밀히 해야 할 때도 있습니다. 헬릭은 당신이 구해낸 세계의 주민들을 보며 눈물을 글썽거립니다.]

[선행 스탯이 50 상승합니다.]

[태양 목격자의 효과로 선행 스탯이 추가로 25 상승합니다.]

"후우……."

카이는 노곤한 기분을 느꼈지만 스페셜 칭호들의 효과를 곧장 확인했다.

[해츨링 슬레이어]

[등급 : 스페셜]

[내용 : 해츨링을 살해한 자에게 주는 칭호.]

[효과 : 드래곤 공격시 30%의 추가 대미지.(이 효과는 칭호를 장착하지 않아도 적용됩니다.)]

[최초의 용살자(龍殺者)]

[등급 : 스페셜]

[내용 : 최초로 드래곤 일족의 일원을 살해한 자에게 주는 칭호.]

[효과 : 모든 스탯 +30, 사용자는 항시 드래곤 피어를 두르게 됨.(이 효과는 칭호를 장착하지 않아도 적용됩니다.)]

"흠. 무난한가."

성체 드래곤을 잡았다면 해츨링 슬레이어가 아닌 드래곤 슬레이어를 받게 되었을 터.

'그랬다면 스페셜 칭호의 효과도 더 좋았겠지.'

카이가 못내 아쉬움을 삼켰지만, 아쉬움은 말 그대로 아쉬움일 뿐이었다.

"뭐, 없는 것보다는 낫지 않겠어?"

게다가 최초의 용살자 칭호는 그의 눈으로 보기에도 좋아보였다.

'모든 스탯 +30에 드래곤 피어라.'

드래곤 피어. 상대방을 경직시키고 능력치를 감소시키는 능력 이라고 알고 있다.

'나야 신화 등급의 직업 덕분에 드래곤 피어에 안 걸렸다고는 하지만…….'

자신을 제외한 모험가들은 이 주박에서 결코 자유로울 수 없다는 뜻!

카이는 곧장 스탯을 분배하기 위해 상태창을 띄웠다.

[카이]

[직업 : 태양의 사제]

[레벨 : 343]

……

"……와우."

시네라스를 잡고 레벨 업을 대체 몇 번이나 했는지 알 수가 없었는데, 상태창을 보니 확실해졌다.

'23레벨이나 올랐어?'

얼떨떨한 기분이 가장 먼저 들 정도. 아닌 게 아니라 시네라스는 레벨이 비해 굉장히 쉽게 잡은 편이었다. 난이도로 치자면 오히려 아오사 때가 훨씬 패턴도 복잡했고, 신경 쓸 구석도 많았다.

'뭐, 그건 시네라스가 드래곤 우월주의에 찌들어서 날 너무 무시한 부분이 제일 크긴 했지만.'

그리고 자세히 생각해 보면 320레벨의 유저가 550레벨짜리 레이드 몬스터를 홀로 잡았는데 겨우 23레벨이 오른 것뿐이다.

"이제는 진짜 레벨 올리는 게 힘든가 보네."

확실히 최근 자신의 뒤를 잇고 있는 천상계 랭커들의 레벨 업 속도는 많이 느려진 상태.

물론 이번에 자신이 폭업을 이루면서 격차는 확 벌어졌다.

'작정하고 두 달 정도는 사냥하지 않아도 여전히 랭킹 1위일 거 같은 예감이 드는데.'

카이는 레벨이 올라 얻은 모든 스탯을 체력에 투자했다.

"상대하는 몬스터들의 레벨이 올라가면서 공격력도 너무 강해졌어. 체력을 올려두는 것도 나쁘지는 않지."

스탯 분배를 마친 카이는 몇 남지 않은 빛의 전사들을 이끌고 시네라스의 시체에 다가갔다.

"자, 아무리 새끼라고는 하지만, 명색이 드래곤이니 거지는 아니겠지?"

기대가 크면 실망도 큰 법이지만, 이번만큼은 카이도 기대를 할 수밖에 없었다.

"아이템 루팅."

좌르르르르륵!

입을 달싹임과 동시에, 카이의 시야로는 한눈에 다 들어오지도 않는 루팅 목록이 떠올랐다.

[시네라스의 비늘×350]

[시네라스의 고기×300]

[시네라스의 혈액×100]

[시네라스의…….]

…….

시네라스의, 시네라스의…….

얼핏보면 노이로제라도 걸릴 것 같은 보상의 연속이었지만,

카이는 입꼬리만 씰룩거릴 뿐 이를 탓하지 않았다.

'완전 대박이다.'

대박. 두 글자로 정의할 수 있는 보상의 퀄리티!

그것은 재료 아이템들의 등급 때문이었다.

'재료 아이템 주제에 유니크? 고유 명사가 붙은 재료라서 그런가?'

이 세상에 레드 드래곤이 또 있는지는 모른다.

하지만 사룡 시네라스라는 존재는 방금 자신이 죽인 녀석 하나뿐일 터.

'비늘이나 고기, 혈액까지…… 하나도 빠짐없이 유니크 등급이야.'

그 말은 이 재료들로 아이템을 만들 시, 최소 유니크 등급의 장비가 만들어질 가능성이 매우매우 높다는 뜻이었다.

'가치로만 따져도 한화 수십 억, 아니, 넘었으면 넘었지 덜 되지는 않아!'

드래곤의 재료는 현시점에서는 자신이 아니라면 구할 수가 없는 재료이다.

"해츨링 주제에 레벨만 무려 550이야."

세계 10대 길드 중 몇몇이 뭉친다고 해도 잡을 수 있을까 싶은 정도의 괴물. 그것이 방금 자신의 손에 처치당한 시네라스의 정체였다.

'나야 오히려 혼자였기에 상대하기 편했지.'

자신이 혼자라는 점은 시네라스의 방심을 불러왔으니까.

카이는 보상들을 하나도 빠짐없이 제 인벤토리에 담기 시작했다.

'그런데…… 당연히 보여야 할 게 안 보인다?'

카이가 수십 종류의 재료들을 정리하며 고개를 갸웃거리는 순간, 그가 기대하던 보상이 마지막으로 떠올랐다.

펄떡, 펄떡.

아직까지는 힘차게 뛰고 있는, 방금 전까지 사룡의 전신에 힘을 불어넣어 줬을 기관.

"……드래곤 하트."

꿀꺽. 드래곤 일족의 심장을 가만히 쳐다보던 카이는 아무 말 없이, 아이템의 정보를 확인했다.

[드래곤 하트]

등급 : 유니크

해츨링의 심장입니다. 복용 시 아래와 같은 효과들을 얻을 수 있습니다.

모든 스탯이 15 상승합니다.

스킬의 캐스팅 시간이 30% 감소합니다.

멀티 캐스팅을 사용할 수 있습니다.

"……."

아이템의 설명을 읽던 카이는 자신의 눈을 몇 번이나 의심했다.

하지만 몇 번을 읽어도 아이템의 설명이 바뀔 리는 만무.

결국 카이는 드래곤 하트가 지닌 효능을 인정할 수밖에 없었다.

'아까 보상들을 보고 대박이라고 했는데…… 그건 대박이 아니었네.'

진정한 대박, 아니 초대박은 따로 있었다.

'이거 하나만 있어도…….'

카이는 홀리기라도 한 듯 드래곤 하트를 쳐다보았다.

지금 당장 경매장에 올려도 최소 수십억 단위의 돈이 오갈 수준의 아이템이다.

'소모성 아이템이 10억 이상을 돌파한 적은 미드 온라인 역사상 단 한 번도 없었어.'

만약 자신이 이 녀석을 판다면, 그 영예는 자신에게 돌아올 것이다. 물론 돌아오는 것은 사람들의 존경과 부러움만은 아닐 것이다.

"오히려 욕이나 듣지 않으면 다행이겠어."

×신, 혹은 호구. 이 아이템을 판매한다는 것만으로도 그런

소리를 들을 자격은 충분했다.

'이게 어느 정도의 가치를 지니고 있는지는 있는 랭커 놈들이 더 잘 알겠지.'

멀티 캐스팅. 어려운 말을 쓰는 걸 좋아하는 이들은 흔히 다중연산 캐스팅이라고도 부른다. 본디 미드 온라인의 마법사는 한 번에 하나의 마법을 사용하게끔 설정되어 있었다.

하지만 짜잔!

이 세상에는 절대라는 것이 없다는 말이 있다. 한 마디로 개발자의 예상을 아득히 뛰어넘는 또라이들은 나올 수밖에 없다는 뜻.

"마법을 한 번에 하나씩만 사용해야 하는 것에 답답함을 느낀 마법사들이 머리를 맞대기 시작했지."

그에 대한 결론이 더블 캐스팅이었다. 왼손과 오른손, 각기 다른 손에 다른 주문을 동시에 캐스팅하는 것. 아주 훌륭한 타개책이었지만, 안타깝게도 웬만한 재능으로는 이 방법을 사용할 수가 없었다.

'똑똑하냐 아니냐의 차이라고 하기보다는…… 단순히 뇌의 성능에 대한 문제니까.'

카이는 새삼스레 자신의 머리가 나쁘지 않다는 것에 큰 감사함을 느꼈다.

'하지만 내 수준도 결국 여기까지지.'

더블 캐스팅. 카이는 거기까지가 자신의 한계인 것을 누구보다 명확히 알고 있었다.

"하지만 마법사 랭킹 1위인 크리스는……."

한때 자신의 개인 방송에서 쿼드라플 캐스팅을 선보인 괴물. 그 정도 수준이 되면 단순히 재능이 있다, 없다로 불릴 만한 수준이 아니다. 말 그대로 하늘이 낳은 재능이라는 소리를 들을 만한 범주의 인물이지.

'그런데 재능의 격차를 아이템으로 줄일 수가 있다고?'

드래곤 하트는 사용자의 재능 유무와는 별개로, 멀티 캐스팅이 가능해지도록 만들어주는 희대의 보물!

"……."

팔짱을 끼고는 한참이나 설산의 바람을 맞으며 고민하던 카이는 결국 고개를 절레절레 흔들었다.

"이번 보상들은 그냥 덮자."

지금 시점에서 세상에 꺼내기에는 너무나 위험한 물건들이었다.

'세계 10대 길드. 아니, 이제 9대 길드라고 해야 하나? 그 녀석들의 견제만 해도 이골이 나.'

그런 상황에서 자신이 드래곤 솔로 레이드를 한 것을 공표해 버리고, 시장에 재료들을 풀기 시작한다?

'나 잡아달라고 광고하는 꼴이나 다름없지.'

이전까지는 없던 10대 길드끼리의 연합이 결성될 수도 있다. 물론 그런 일이 생긴다면, 목표는 자신들의 앞날을 방해하는 공통적인 적, 자신이 되겠지.

'비약적인 생각이라고 할 수도 있지만, 항상 최악을 상정해야 해.'

인생에 위기라는 놈이 오지 않을 수는 없다.

심지어 그놈이 언제 찾아올지도 알 수 없다.

'그러니 대비를 해둬야지.'

어차피 이 재료들을 제대로 사용하려면 아무런 대장장이에게 맡길 수도 없다.

'솔리드에게는 미안하지만…… 그가 다룰만한 수준의 재료는 아니야.'

결국 묵혀야 된다는 뜻.

길었던 고민이 끝나자 후련한 감정을 느낀 카이는 단번에 드래곤 하트를 손에 쥐었다.

"과연……."

용의 심장은 무슨 맛이 날까.

두 눈을 꾹 감은 카이는 그것을 바로 먹어치웠다.

"흐……."

생각보다 맛은 있었다. 비유를 하자면 선지보다 조금 더 고소한 맛이 난다고나 할까?

하지만 현재 카이는 드래곤 하트의 맛 같은 곳에 둘 만한 신경이 없었다.

띠링!

[드래곤 하트를 복용합니다.]

[모든 스탯이 15 상승합니다.]

[스킬의 캐스팅 시간이 30% 감소합니다.]

[멀티 캐스팅을 사용할 수 있게 되었습니다.]

"……후우."

꾸욱, 꾸욱.

주먹을 꽉 쥐어보인 카이는 지그시 눈을 감으며 왼손을 뻗었다.

"햇살의 따스함."

우우웅.

캐스팅의 시작과 함께 카이의 왼손에 마법진이 생성되며 하얀 빛이 스며들었다.

'이것이 모두가 사용하는 스킬 캐스팅.'

카이가 이번에는 오른손을 뻗어냈다.

"다시 한번, 햇살의 따스함."

우우우웅.

카이의 왼손에 있는 것과 마찬가지로, 오른손에서도 마법진이 생성되며 스킬이 캐스팅되기 시작했다.

'여기까지가 내 머리의 한계, 더블 캐스팅이야.'

이건 드래곤 하트를 먹기 이전에도 할 수 있었던 수준이다. 하지만 용의 심장을 먹어치운 지금, 카이는 한 번 더 입술을 달싹였다.

"햇살의 따스함."

우우우우우우우웅!

허공에 스크래치라도 내듯, 새롭게 생기는 또 하나의 마법진. 세 개의 마법진이 동시에 돌아가며 소리를 내자, 마음이 절로 든든해지는 굉음이 울렸다.

물론, 적에게는 사신의 선고와도 같은 끔찍한 소리일 터.

'드래곤 하트를 먹으면 하나의 스킬을 더 캐스팅할 수 있는 건가?'

카이는 허공에 생성된 마법진을 쳐다보며 고개를 끄덕였다. 시스템의 보정으로 생성된 마법진을 유지하는 데에는 털끝만큼의 신경도 들어가지 않았다. 한마디로 더블 캐스팅 유저였다면 트리플 캐스팅 유저가, 트리플 캐스팅 유저였다면 쿼드라플 캐스팅 유저가 될 수 있다는 소리다.

"나쁘지는 않네."

누군가는 꿈의 경지라 부르는 곳에 발을 들인 카이가 내뱉은, 단출한 감상이었다.

사룡 시네라스가 거주하던 설산의 둥지. 주인이 죽어 무정부 상태가 되어버리는 던전으로, 카이는 망설임 없이 들어섰다.

“어차피 둥지의 주인은 자리를 떠났으니 마음 편히 돌아다녀 볼까.”

물론 주인은 자리를 떠난 것뿐만이 아니라, 자신의 손에 의해 아예 세상을 떠나셨다.

한 마디로 이 둥지 안의 물건은 모두 자신의 것이라는 뜻.

‘명색이 드래곤의 레어인데, 쓸 만한 물건 정도는 있겠지.’

카이는 텅 비어 있는 던전을 그대로 돌파했다.

‘흐음. 역시 소라의 제보는 뭘 잘못 본 거였나?’

그는 몬스터들이 군대처럼 줄을 맞추어 돌아다녔다는 것을 보았다고 했다. 심지어 시네라스의 둥지에 들어갔다고까지 했지만…….

‘군대는커녕, 몬스터 한 마리도 보이지 않는데?’

물론 몬스터만 없을 뿐, 마땅히 있어야 할 다른 것들은 있었다.

예를 들면 보물 상자 같은 것들.

“……그래도 보물 상자에서 나온 물건만 가져갈 수 있는게 조금은 슬프네."

드래곤이 탐욕의 화신으로 자주 묘사되듯, 그들이 거주하는 둥지 또한 마찬가지였다. 우선은 바닥부터가 반짝이는 골드로 도배가 되어 있는 상태였다.

한 마디로 걸어 다닐 때조차 골드를 밟아야 한다는 뜻!

물론 카이는 그것을 보는 즉시 인벤토리에 넣어보려고 했지만, 번번히 실패했다.

"단순한 환경 조성 아이템이었을 줄이야……."

골드들은 인벤토리에 넣으려고 하면 그대로 사라졌다. 한 마디로 이 던전 안에 위치한 모든 골드들을 가져갈 수는 없다는 뜻!

결국 카이는 울며 겨자 먹기로 보물 사냥꾼이 안내하는 곳에 위치한 보물 상자만을 뒤졌다.

"후우, 그래도 명색이 드래곤의 레어라고 상자에서도 하나같이 좋은 것들만 나오네."

던전을 샅샅히 뒤진 카이는 제법 쏠쏠한 수익에 만족스러운 표정을 지었다.

'도열된 몬스터는 찾지 못했지만, 이 정도면 둥지를 방문한 목적으로는 차고도 넘치네.'

둥지의 끝. 막다른 길에 다가선 카이는 더 이상 새로운 보물 상자가 없다는 것을 깨닫고는 몸을 돌렸다.

'돌아가면 일단 퀘스트 완료부터 보고하고……'

거기까지 생각이 미쳤을 때, 전혀 예상치 못한 알림이 카이의 눈앞을 어지럽혔다.

띠링!

[보물 사냥꾼의 효과가 발동합니다. 20미터 이내에 숨겨진 보물이 존재합니다.]

스페셜 칭호, 보물 사냥꾼에 의한 효과가 처음으로 그 진가를 발휘한 것이다.

"숨겨진 보물이라고?"

전혀 예상치 못했던 상황에 카이는 눈만 깜빡였다.

카이는 조용히 주변을 둘러보았다.

'본래라면 이곳이 시네라스가 있어야 할 공간.'

때문에 현재 그가 위치한 장소는 거대한 돔 모양을 띄고 있었다. 시네라스가 날뛰기에는 전혀 지장이 없을 정도의 쾌적한 공간.

'하지만 보물 사냥꾼은 20미터 이내에 보물이 있다고 했어.'

카이는 천천히 발걸음을 옮겨 보스룸의 중앙 부분으로 이동했다. 그러자 다시 한번 떠오르는 알림창.

[보물과의 거리 : 30미터.]

“이런 것도 알려주는 건가?”

그야말로 보물 사냥꾼이라는 위명에 어울리는 능력.

카이는 미련 없이 몸을 돌려 자신이 걸어온 방향으로 쭈욱 걸어가기 시작했다.

[보물과의 거리 : 15미터]

[보물과의 거리 : 10미터]

…….

“흐음?”

보물까지 남은 거리는 불과 5미터.

하지만 코앞은 단단한 돌벽으로 가로막힌 상태였다.

‘왼쪽으로, 오른쪽으로 이동해도 거리만 늘어날 뿐이야. 보물과의 최단 거리는 내가 서 있는 이곳이 맞아. 그렇다면…… 혹시 이 벽을 강제로 부숴야 하는 걸까?’

그렇게 야만적인 방법은 조금 나중에.

카이는 눈앞의 신성한 빛 스킬을 허공에 띄워놓은 채 눈앞의 벽을 더듬거리기 시작했다.

달칵.

잠시 후, 기분 좋은 기계음과 함께 돌멩이 하나가 벽 안쪽으로 들어갔다.

띠링!

[숨겨진 방을 찾아냈습니다.]

[안목 스킬의 숙련도가 대폭 상승합니다.]

[안목 스킬의 레벨이 초급 8레벨이 되셨습니다.]

"그럼 그렇지."

카이가 기분 좋게 흥얼거리는 순간 눈앞의 돌벽이 갈라지기 시작했다.

구르르르.

"와……."

좌우로 단순하게 갈라지는 것도 아니고, 마치 공간이 회전하는 것처럼 수십 개의 조각으로 갈라지며 모습을 드러내는 비밀의 방!

'기술력 한 번 끝내주는데? 시네라스가 직접 설계한 장치인가?'

하지만 녀석이 직접 만들었다고 하기에는 그 어떤 마법적 장치도 숨겨져 있지 않았다. 고개를 갸웃거린 카이가 안쪽을 들여다보자, 정확히 5미터 앞에 보물 상자 하나가 보였다.

"뭐, 이 장치를 누가 만들었든, 추가 보상을 획득할 시간인가?"

부푼 마음을 껴안은 채 곧장 상자를 오픈한 카이의 입꼬리는 순식간에 축 내려왔다.

갑자기 싸해지는 분위기!

"……이게 뭐야?"

눈을 씻고 쳐다봐도 상자의 안쪽에 들어 있는 것은 조그마한 수첩 하나가 전부.

'아니, 하다못해 스킬 북이었으면 그러려니 할 텐데…….'

심지어는 스킬 북조차도 아닌 말 그대로의 수첩. 혹자는 드래곤의 레어에 위치한 숨겨진 보상이 고작 수첩이라고 투덜거릴 수도 있다. 하지만 카이는 실망을 한 것이 아니라 역으로 더 긴장을 했다.

"대체 어떤 내용이 적혀 있길래?"

레벨 550의 시네라스. 그조차도 패트릭에게 치명상을 입고 모두 회복하지 못한 것으로 추정된다.

'그런 놈을 죽이는 것도 일인데, 보스 룸에서도 이 비밀의 방을 따로 찾아내야 해.'

하나같이 쉽지 않은 일들의 연속이다.

그런데 그 보상으로 내려온 것은 달랑 수첩 하나.

"고놈 참 비범한 수첩일세."

카이는 참을 수 없는 호기심에 곧장 수첩을 집어 들었다.

[카룬달의 수첩을 획득합니다.]

"음?"

수첩을 읽기 시작한 카이의 눈이 동그래졌다.

'휘갈겨 쓴 글씨…….'

대륙 공용어로 적혀진 글은 몹시 다급하게 쓰인 것처럼 글자 크기가 엉망이었다. 못 알아볼 정도는 아니었지만, 카이는 이 글을 쓸 당시 저자의 심리 상태가 어땠는지를 한눈에 알 수 있었다.

[부디 대지의 신 호른이 일족을 버리지 않으셨기를 바라며, 이 일지를 읽는 이가 부디 우리에게 도움을 줄 수 있는 자이기를…….]

"대지의 신 호른?"

카이가 고개를 갸웃거리며 입을 열었다.

"나와 봐요, 시미즈."

스으으윽.

처음부터 카이의 등 뒤에 있었다는 듯, 시미즈의 반투명한 모습이 순식간에 튀어나왔다.

그녀는 냉랭한 표정으로 카이를 빤히 내려다보았다.

"……표정이 왜 그래요?"

쭈그려 앉아 수첩을 읽고 있던 카이가 눈을 깜빡이며 묻자, 시미즈가 뾰로통한 목소리로 입을 열었다.

-지난번에 강림을 사용하셨더군요.

"예? 아, 네. 그때 상황이 제법 불리해서요."

-그리고 조금 전에도 강림을 사용하셨네요.

"네. 드래곤 해츨링 한 마리한테 죽을 뻔했어요."

-아아, 그렇다면 카이 님은 두 번, 모두, 체란티아, 그 꼬맹이를 불러낸 거네요.

"하하. 체란티아 님이 꼬맹이라고 불릴 덩치는……."

덩치만 보면 체란티아가 시미즈의 세 배 정도는 되어 보인다. 하지만 카이는 입을 꾹 다물고 뒷말을 뱉어내지 않았다.

'삐졌네, 삐졌어.'

지금 자신을 안 불러줬다고 토라진 것이 분명하다.

시위라도 하듯, 그렇게 수다스럽던 시미즈가 입을 꼬옥 다물고 있었다.

"자비롭다고 소문나신 시미즈 님께서 이해해 주세요. 아군을 수호하기보다는 적을 때려눕혀야 해서……."

-지금 제가 여자라고 무시하시는 거예요? 저도 잘 싸워요.

"그, 그렇지만 시미즈 님은 수호라고 불리는 만큼 방어에 특화되었을 거라 생각되어서……."

-하! 그렇게 따지면 안식은요? 맨날 사람이나 재우는 한 번 태 꼬맹이가 저보다 낫다, 이 말이잖아요 지금.

"죄송해요. 하지만 덩치만 봐도 체란티아 님이 훨씬 잘 싸울 것 같……."

-보셨어요?

"예?"

-카이 님이 내가 싸우는 모습 보셨냐구요.

"모, 못 봤죠."

-그런데 왜 멋대로 판단하세요? 저도 도움 된다구요! 저 초대 교황이고, 초대 태양의 사제였다구요. 능력 있는 사람…… 아니, 유령이라구요!

시미즈가 두 눈을 부릅뜨며 빼액 소리를 질렀다.

물론, 영체인만큼 카이에게 행해지는 물리적 압박은 눈곱만큼도 없었지만…….

'아, 왜 갑자기 엄마가 생각나지.'

입을 한 번이라도 더 빵긋거리면 그대로 등짝을 맞을 것 같은 기분!

친절하고 조곤조곤한 목소리로 쉴 새 없이 수다를 떨던 시미즈는 그 자리에 없었다.

'삐지니깐 완전 다른 사람이 되는구나.'

지금 당장 헬릭이랑 손잡고 놀아도 될 정도의 유치한 사고력!

카이는 변명하지 않겠다는 듯 두 팔을 들어 올리며 사과했다.

"죄송해요. 대신 다음번에는 시미즈 님을 꼭 불러 드릴게요."

물론 카이는 언제가 될 것인지는 말하지 않았다. 두 시간 후가 될 수도, 내일이 될 수도, 어쩌면 몇 달 후가 될 수도 있으니까.

-……그렇게까지 말 하시니, 자비롭다고 소문난 제가 넘어가 드리겠어요.

카이의 확답을 받아낸 시미즈는 언제 그랬냐는 듯 미소를 지어 보이며 입을 열었다.

-그런데 전 왜 부르셨나요?

"아, 혹시 이 대지의 신 호른에 대해서 알고 계시나 해서요."

-흐음. 사도 된 몸으로 다른 신을 모시고 싶은 건 아니실 테고…… 갑자기 그게 왜 궁금하신 거죠?

'알고 있구나.'

시미즈의 말에서 단서를 잡아챈 카이는 수첩을 툭툭 두드리며 말을 이었다.

"이 수첩에 대지의 신이 거론 되서요. 전 한 번도 못 들어본 신이거든요."

플레이어들은 모험가로 전직할 때 다양한 교와 신들의 위명을 듣게 된다. 물론 대다수의 모험가들은 태양신을 모시는 태양교의 사제로 전직하지만, 적어도 어떤 신들이 있는지 정도는 알게 된다는 뜻이다.

‘하지만 내 기억에 따르면 대지를 관장하는 신은…… 응, 확실해. 없었어.’

그러나 일지에는 대지의 신이 확실하게 언급되었다.

그것이 카이가 시미즈를 부른 이유였다.

-그야 한 번도 못 들어봤겠지요. 애초에 인간들이 모시는 신이 아닌걸요?

“……그 말씀은?”

-예로부터 대지의 신 호른은 땅속 깊은 곳에 숨어 사는 이들이 모시던 신이에요.

“땅속 깊은 곳에 숨어 사는 이들…… 설마?”

카이가 눈을 크게 뜨며 놀란 표정을 짓자, 시미즈가 은은한 미소를 지으며 고개를 끄덕였다.

-네. 금속의 주인들이라 불리는 종족들. 바로 드워프들이 모시는 신이예요. 호른은.

“잠깐, 드워프들이라면…….”

명쾌한 해답을 얻었지만 카이의 표정은 더욱 애매해졌다.

‘그런데 드워프의 일지가 왜 여기서 나와?’

이곳은 사룡 시네라스의 레어였던 장소. 심지어 수첩이 발견된 곳은 그 레어의 보스룸에 위치하던 비밀의 방이었다.

“뭐, 읽어보면 알겠지.”

카이가 일지를 읽어내리기 시작하자, 그 뒤로 슬쩍 다가온 시미즈가 어깨 너머로 함께 읽기 시작했다.

[사룡 시네라스. 놈이 우리들의 왕국인 잉가르트를 침공한 건 불과 몇 달 전의 일이었다.]

첫 줄을 읽기가 무섭게, 시미즈가 호들갑을 떨었다.

-어머! 드래곤이 잉가르트를 발견했나 봐요! 아아, 이것 참 큰일인데요…….

"혹시 시네라스를 말씀하시는 거라면 걱정하지 마세요. 놈은 이미 제 손에 죽었으니까요."

-시네라스? 아아, 그 핏덩이 해츨링이요? 그런 녀석은 털끝만큼도 신경 쓰지 않아요. 제가 걱정하는 건……. 아, 혹시 모르고 계시는 건가요?

시미즈가 제 손으로 입가를 가리며 깜짝 놀란 표정을 지었다.

-예로부터 대다수의 드래곤들은 저희 교단의 인사들과 사이가 무척 안 좋답니다.

"왜요?"

-음……. 한 번 생각해 보세요. 그들은 자신들이야말로 이 세계의 중심을 맡고 있는 전지적 존재라고 생각하고 있어요.

"하지만 신이 있잖아요."

-네. 전설이나 설화에 따르면, 드래곤들은 먼 옛날 신들에게

도전장을 내밀었다가 패배하여 물질계로 추방된 하위 신들이에요. 짧게는 수천 년, 길게는 만 년이 넘게 물질계에서 죽지도 못하고 살아가야 하는 벌을 받은 거죠.

"신일 때의 기억은 없는 겁니까?"

-그런 기억들이 남아 있으면 벌이 아니라 유희 아닐까요? 복수를 준비할 수도 있구요. 당연히 없어요.

"흠."

카이는 가볍게 고개를 끄덕였다.

"한 마디로 드래곤들은 자신들보다 잘난 신들을 눈꼴 시려워 한다, 이 말이죠?"

-정답이에요.

"그런데 그게 왜 큰일이죠?"

-어…… 아까 말씀드린 대다수의 드래곤들은, 뮬딘 교와 친밀하니까요.

"음? 말의 앞뒤가 안 맞잖아요? 드래곤들은 신을 싫어하잖아요."

-그렇죠. 그런데 이런 말 들어보신 적 있으세요? 적의 적은 친구라고.

"아……."

그 한 마디로 카이는 단번에 상황을 이해할 수 있었다.

"뭐, 뮬딘 교 쪽에서는 드래곤 일족 장려 대책이라도 해주나

봐요?"

우스갯소리로 던진 말이었지만, 시미즈는 어색한 미소를 띠며 고개를 조신하게 끄덕였다.

-네에에.

"……정말로요?"

-애초에 뮬딘은 악신이라 불릴 정도로 파괴적인 성향이 강한 신이에요. 드래곤 족들이 헬릭 님을 비롯한 다른 신들을 싫어하는 이유도, 속된 말로 자신들이 인간들의 세상에 깽판 치는 것에 사사건건 간섭하고, 금지시키니까 싫어하는 거죠.

"하지만 뮬딘은 그 부분에 관해서는 노터치다?"

-굳이 건드릴 필요가 없으니까요. 뮬딘은 세상의 질서를 파괴하는 것이 낙인 변태예요.

"흐음. 말씀하신 대로 대다수의 드래곤들이 뮬딘 교와 친밀한 관계를 맺고 있다면……."

침공당한 잉가르트는 현재 어떻게 되었을까.

생각이 거기까지 미친 카이는 옆머리를 벅벅 긁었다.

'하지만 답이 아예 없는 건 아니야.'

자신에게는 드워프, 카룬달의 일지가 있으니까.

'이건 카룬달이 외부인에게 도움을 요청하기 위해 남겨놓은 최후의 보루야.'

그렇다면 자신이 어떻게 해야 일족을 도와줄 수 있는지에 대한 방법도 수록되어 있을 것이다.

탁.

"과연."

카룬달의 일지를 모두 읽은 카이가 고개를 끄덕였다. 그러자 어깨 너머에서 함께 일지를 읽던 시미즈도 덩달아 고개를 끄덕였다.

-잉가르트의 드워프들은 우선 사룡의 둥지로 모두 끌려왔었군요.

"그런 것 같네요. 그리고 드워프 왕국의 왕인 카룬달이……."

툭툭.

카이는 비밀의 방 입구를 두드리며 말을 이었다.

"시네라스의 둥지를 개조하면서 용케 이런 방을 몰래 만들어냈네요."

드래곤의 눈에 걸리지 않으려면 우선 한 줌의 마나도 품고 있지 않아야 한다.

'마나를 이용한 기관이라면 뛰어난 마법사인 드래곤에게 걸릴 수밖에 없었을 테니.'

절망스러웠던 카룬달은 지푸라기라도 잡는 심정으로 자신

의 일지를 이곳에 넣어두었다. 훗날 사룡 시네라스를 해치운 강력한 모험가가 자신의 안배를 발견해 주기를 바라면서.

-그래도 그나마 다행이라고 해야 할까요? 모든 드워프 족이 잡혀간 건 아닌 모양이에요.

"예……. 일지에 따르면 상당수의 드워프들을 도망시키는 데 성공했어요."

물론 300여 명이 넘는 드워프들은 모조리 잡혀 시네라스의 노예가 되었다.

'소라가 둥지의 근처에서 봤다는 몬스터들의 군대. 녀석들에 대한 의문도 풀렸어.'

그들은 드워프들이 도망치지 못하게 감시하는 일종의 경비병이었다.

동시에 안타까움이 입 밖으로 흘러나왔다.

"정말 아쉽네요. 조금만 더 빨리 왔으면 드워프들도 구할 수 있었을텐데……."

현재 드워프들과 그들을 감시하던 몬스터들은 모두 다른 곳으로 떠난 이후였다. 일지에 따르면 목적지는 륄딘 교의 거점 중 한 곳인 모양.

'게다가 마지막으로 일지가 작성된 건 고작 일주일 전이야. 아직 멀리 가지는 못했을 텐데…….'

딱 일주일. 만약 그때 시네라스를 잡을 수 있었다면 이야기는 크게 달라졌을 것이다.

'뭐, 그때는 수백 마리의 몬스터들도 처리해야 했으니 내가 당했을 수도 있겠지.'

애초에 인어와 엘프, 드워프들은 메인 시나리오상 멸망을 맞이해야 할 운명이었다. 그걸 자신이 억지로 되살리려고 하니 이런 식의 문제가 발생할 수밖에.

"애초에 현 시점에서 레벨 550인 시네라스를 잡을 수 있는 세력이 있을 리도 없고……."

답답한 마음에 한숨을 푹 내쉰 카이는 자리에서 벌떡 일어났다.

-바로 움직이실 건가요?

"그래야죠. 일지에는 탈출시킨 드워프들이 향하고 있는 대피소 위치가 적혀 있어요. 그곳으로 가서 우선 생존한 드워프들부터 규합하는 게 좋을 것 같습니다."

엉덩이에 묻은 흙먼지를 털어낸 카이는 곧장 시네라스의 레어를 빠져나왔다.

'예전에 하녹스의 시련에서 패트릭이 했던 말에 의하면, 드워프 일족은 자신들의 거주지인 잉가르트를 수백 년 단위로 한 번씩 옮겨.'

때문에 버려진 드워프들의 왕국이 발견되면 왕국들은 눈에 불을 켜게 된다.

아직 인간의 기술로는 범접할 수 없는 드워프들의 건축물은 역사적, 기술적으로 가치가 어마어마하니까.

'그리고 이번에 침공당한 잉가르트는…….'

툭툭.

카이가 제 발로 산 바닥을 쿵쿵 찍었다.

"이곳, 설산."

불과 200년 전에 새롭게 지어진 잉가르트는 바로 이곳, 설산에 위치하고 있었던 것이다.

'시네라스가 어떻게 그 사실을 알았는지는 모르겠지만, 모르긴 몰라도 뮬딘 교가 수작을 부렸겠지.'

인어와 엘프들에게 그랬던 것처럼, 드워프들에게도 마수를 뻗었을 터.

'드워프 왕국의 주요 인물들은 모두 납치된 상태.'

아마 그들은 뮬딘 교의 건물을 짓는 노예들로 사역당하게 될 것이다.

'그들의 흔적을 찾는 건 혼자서는 무리야. 하지만…….'

좌아아아악!

카룬달에 일지 사이에 끼워져 있던 지도를 펼친 카이는 반짝이는 눈으로 설산을 내려다보았다.

"일족의 존망이 걸린 위기시 뿔뿔히 흩어진 모든 드워프들은…… 이곳으로 모이게 되어 있지."

뿔뿔히 흩어진 드워프들이 먼 길을 갈 수 있을 리가 없다.

자고로 등잔 밑이 어두운 법.

드워프들의 대피소는 마찬가지로 설산에 위치하고 있었다.

[블리자드의 사냥으로 10,752의 경험치를 획득했습니다.]

[블리자드의 사냥으로 11,039의 경험치를 획득했습니다.]

"흐음. 블리자드는 생각보다 훨씬 잘해주고 있네."

물론 시네라스를 잡고 뻥튀기가 되어버린 자신의 경험치를 빠르게 채우기엔 역부족이었다

'기특한 녀석. 나중에 맛있는 거나 잔뜩 사줘야겠어.'

흐뭇한 아빠 미소를 지어 보인 카이는 와이번 형태의 미믹 머리를 두드렸다.

"여기서 아래쪽으로 내려가자."

"끼룩! 끼루룩!"

미믹과 카이의 신형은 곧장 거대한 얼음 벽 사이로 빨려 들어갔다.

빙하가 갈라져서 생기는, 흔히 크레바스라고 불리는 거대한 틈.

"후우, 추워라."

방한복을 입고 있음에도 으실으실 떨려오는 몸은 그 장소가 보통 인간이 올 장소는 아님을 증명하는 듯했다.

'이런 곳에 드워프들의 대피소가 있다고?'

고개를 갸웃거리는 카이였지만 지도를 몇 번이나 확인해 봐도 이 장소가 맞았다.

"미믹. 수고했어. 푹 쉬어."

"끼루루룩!"

미믹의 머리를 쓰다듬으며 녀석을 역소환한 카이는 얼음으로 이루어진 바닥을 천천히 걸어가기 시작했다.

머리 맡에서 반짝이는 신성한 빛 하나에 의지하여 걸어가기를 잠시. 코너를 돌려는 순간 제법 익숙한 소리가 카이의 청각에 잡혔다.

또옥!

동굴 던전이나 습기 찬 곳에서라면 어디서나 흔히 들을 수 있는, 물방울이 떨어지는 소리. 하지만 카이는 그 소리를 듣는 것과 동시에 낯빛을 굳히며 검을 뽑아 들었다.

'기온이 이 모양인데 정상적인 상황이라면 물방울이 떨어질 리가 없지.'

거대한 코너의 빙벽을 사이에 둔 채, 카이는 침을 한 번 꿀꺽 삼켰다.

'이 코너 뒤에 누군가가 있다.'

평범한 인물이라면 이런 곳에 있을 리가 없다.

'이곳은 드워프들의 대피소. 만약 이 뒤에 있는 인물이 드워프라면 다행이겠지만…….'

그게 아니라면?

'침입자.'

카이의 눈빛이 주변의 빙벽만큼이나 차가워졌다. 다음 순간, 단숨에 코너를 돌아나간 카이의 정수리로 거검이 떨어졌다.

'물?'

검신에 맺혀 있는 것은 분명 물이었다. 이런 기온에서 어떻게 물이 얼지 않는지 생각할 겨를도 없이, 카이의 몸이 먼저 반응했다.

"흐읍!"

순식간에 롱소드를 기울여 거검의 궤적을 엉뚱한 곳으로 흘린 카이는, 바람처럼 몸을 한 바퀴 회전시켜 자신의 롱소드로 상대방의 가슴을 크게 그었다.

"꺄악!"

단 한 번의 일격에 체력이 훅 빠져 버린 상대는 그대로 쓰러지며 매끈한 빙판길을 쭈욱 미끄러졌다. 카이는 바닥에서 꿈틀거리며 신음을 흘리는 상대를 신성 사슬로 포박하며 장비부터 확인했다.

'경매장에서 한 번도 본 적 없던 아이템들.'

하지만 유려한 디자인과 고급 아이템들만이 갖고 있는 특유의 아우라가 느껴진다.

'그렇다는 말은 드워프들의 무구를 훔친 뮬딘 교의 사제……는 아니네?'

상대의 머리 위를 쳐다보던 카이가 두 눈을 깜빡였다.

만약 몬스터나 NPC였다면 적대 상태가 되는 순간 머리 위로 붉은색 이름이 떠올랐을 터. 하지만 상대방의 머리 위에는 그 어떤 글자도 떠오르지 않은 상태였다.

카이의 경험상, 그리고 미드 온라인의 시스템상 그런 경우는 단 하나뿐!

"너…… 유저냐?"

그 질문에는 상대 또한 놀란 듯, 끙끙거리던 몸을 일으켜 빙판에 주저앉으며 입을 달싹였다.

"……넌 또 뭐야."

"내가 먼저 물었어. 아, 우선 투구부터 벗어. 로그아웃 당하기 싫으면."

"후우. 투구 해제."

손을 사용할 수 없는 상대가 명령어로 인터페이스를 조작하자 투구는 순식간에 사라졌다. 두꺼운 투구 밑에 감춰져 있던 것은 선이 제법 굵은 여자의 얼굴이었다.

이 장소와는 어울리지 않는 적색의 머리칼은 남자처럼 짧게 쳐져 있었고, 커다란 눈동자에는 짙은 속쌍커풀이 달려 있었는데 그 때문인지 고집이 무척이나 강해 보였다.

'여자네?'

하지만 그것이 무슨 대수랴.

매정한 카이(22세, 모태솔로)는 롱소드를 들어 그녀에게 겨누며 다시 한번 물었다.

"유저냐고 물었던 것 같은데."

"칫, 알았다고! 말해줄 테니까 이 빌어먹을 검은 좀 치우……어?"

자신의 목덜미에 드리워진 침묵하는 냉기의 롱소드가 서릿발처럼 차가운 기운을 내뿜자, 짜증을 내던 그녀가 돌연 눈을 깜빡이며 검신을 쳐다보았다.

"응? 잠깐, 잠깐만. 검신에서 뿜어져 나오는 이 냉기는……빙결 속성의 검이잖아? 거기다가 침묵 옵션까지 달려 있다고?"

순식간에 눈을 반짝인 그녀는 자신이 포박당한 포로라는 것도 잊었는지 무릎을 꿇고 앉아 경건한 표정으로 카이의 롱소드를 빤히 쳐다보았다.

"오와아아아…… 아름다워."

"갑자기 뭐야."

카이가 인상을 찡그리며 검을 빼내려고 하자, 그녀가 다급히 소리쳤다.

"자, 잠깐! 아주 잠깐이면 되니까 구경만 좀 할게. 응? 나중에 꼭 사례는 할 테니까……."

"구경이고 자시고, 질문에 대답부터."

"어우, 깐깐하기는. 좋아. 뭐가 문젠데?"

다리를 움직여 양반다리를 한 여자는 입술을 툭 내밀며 물었다.

"우선 이름."

"카밀라."

"좋아, 그럼 이곳에 있는 이유는?"

"흐응, 혹시 초등학교 바른 생활 시간에 말이야. 상대방이 이름을 말해주면 너의 이름도 말해주라고 배우지 않았……응……?"

여태 카이의 롱소드에서 눈을 떼지 못하던 카밀라는 한심하다는 듯 혀를 차며 카이의 얼굴을 스윽 쳐다보았다. 그러더니 이내 못 볼 것을 본 사람처럼 눈을 동그랗게 뜨며 말을 더듬었다.

"자, 잠깐. 너…… 서, 설마 언노운이야?"

으쓱.

카이가 그걸 이제야 봤냐는 표정으로 어깨를 으쓱거리자, 카밀라가 10년지기 친구라도 만난 표정을 지으며 소리쳤다.

"우와아아아! 진짜 언노운이야! 카이라고! 진짜진짜 만나고 싶었는데!"

"……아무리 내 팬인척 해도, 이 상황을 넘어가 주지는 않아."

싸구려 연기라고 생각한 카이가 냉정하게 말을 끝맺었지만, 카밀라는 오히려 이를 비웃었다.

"하? 팬 같은 소리하네. 연예인 병이야 뭐야? 웃기지도 않아."

"……."

그녀의 묵직한 일침에 부끄러워진 카이가 쥐고 있던 사슬을 흔들었다.

"화제 전환하려고 하지 마. 이곳에 있는 이유를 물었는데?"

"흐응."

고혹적인 미소를 지으며 한쪽 입꼬리를 올린 카밀라가 턱을 까딱였다.

"지금 쓰고 있는 검의 수준을 보아하니…… 강인한 의지의 롱소드는 이제 더 이상 안 쓸 건가 봐?"

"……그걸 네가 어떻게?"

카이가 미간을 찌푸리며 되물었다.

강인한 의지의 롱소드는 글렌데일의 대장장이인 솔리드가 자신에게 선물해 준 검. 물론 그 검을 만든 장본인은 솔리드가 아니라 모험가, 즉 플레이어라고 했다.

한 마디로 그 검에 대해 알고 있는 존재는 이 세상에 딱 셋.

'솔리드와 나. 그리고…… 히든 클래스로 추정되는 모험가 대장장이.'

그런데 조금 전, 카밀라는 강인한 의지의 롱소드를 입에 담았다.

"그렇다는 말은……?"

카이가 카밀라를 설마하는 표정으로 쳐다보자, 그녀가 웃음을 터뜨리며 시원하게 인정했다.

"이제 감이 와? 그래. 내가 바로 그 검을 만든 장본인. 카밀라야."

카밀라를 바라보던 카이의 눈빛이 바뀌었다.

'이 녀석이 내 검을 만든 대장장이였다고?'

그렇다면 그녀가 중급 대장장이였던 솔리드를 가볍게 찍어누른 대장장이 모험가일 터.

언젠가 만나보고는 싶었다. 물론 지금처럼 갑작스럽게 만나리라고 예상하지는 못했지만.

"좋아. 강인한 의지의 롱소드 같은 경우엔 그렇다고 치자. 그래서 네가 지금 여기 있는 이유는?"

"우선 오해가 풀렸으면 이거부터 풀어주지그래? 난 네 적이 아니야."

"아군도 아니지."

카이는 불쌍한 표정으로 신성 사슬을 내려다보는 카밀라의 부탁을 단호하게 거절했다. 그 눈빛에서 굳은 고집을 느낀 카밀라는 고개를 절레절레 흔들며 입을 열었다.

"꾹 다문 입술을 보니 고집 한번 세 보이네. 난 직업 관련 퀘스트를 진행 중이야. 설마 이것까지 자세하게 캐물을 생각은 아니지?"

"맞는데."

"무, 뭐라고? 아니, 이봐. 사회에는 룰이라는 게 있잖아. 히든 클래스 유저에게 그런 질문을 하는 건 예의가 아니잖아?"

"예의고 자시고. 나는 지금 네가 여기에 왜 있는지를 알아야 해. 내 계획에 방해가 되는 인물이면 배제해야지."

배제, 조금 더 직설적으로 말하면 그냥 죽인다는 뜻이다. 어찌 보면 매정하다고 볼 수도 있었지만 그 말에 오류는 없었다.

'나도 드워프들을 구하기 위해선 누군가의 사정을 봐줄 여유가 없어.'

짐짓 근엄한 표정을 짓고 있는 카이를 벙찐 얼굴로 쳐다보던 카밀라가 한숨을 내쉬었다.

"와! 영상을 볼 때도 또라이라는 건 알고 있었지만…… 뭐 이런 막돼먹은 놈이 다 있지? 하! 좋아. 하지만 나도 내 정보만 주저리주저리 풀 생각은 없어. 내가 하나를 말해주면, 너도 하나를 공개해."

"대답해 줄 수 있는 질문이라면."

“이익…….”

카이는 절대 확답을 하지 않았지만, 카밀라에게 별다른 선택지는 없었다.

‘이 녀석, 정말로 내가 방해물이라고 생각하면 죽일 수도 있어.’

지금까지의 영상과 방송을 통해 공개된 언노운의 이미지는 냉혈한 그 자체였다. 자신을 건드리거나 방해하는 이들은 10대 길드라 할지라도 철저하게 부숴 버리는 파괴의 왕.

‘하긴, 저 정도의 검을 들고 있는데…… 과거에 강인한 의지의 롱소드 따위를 하나 만들어줬다고 나한테 잘 보일 필요는 없겠지.’

이러니저러니 해도, 눈앞의 남자는 현재 미드 온라인 랭킹 1위의 자리를 굳건히 지키고 있는 존재였다. 현재의 처지를 빠르게 파악한 카밀라는 누가 갑인지를 깨닫고는 모든 걸 내려놓은 목소리로 말했다.

“글렌데일의 그 대장장이 아저씨…… 이름이 솔리드였나?”

“그래.”

“아마 대충은 들었을 거야. 그 검을 받기까지 했는데 검에 어떤 사연이 있는지 안 들었을 리는 없으니까.”

“대장장이들에게 도전을 하고 다닌다고 들었는데. 도장 깨기 같은 건가?”

“후우. 이걸 어디서부터 설명해야 될지……. 아 머리 긁고 싶은데.”

카밀라는 제 머리를 벅벅 긁으려다가, 사슬에 묶여 있는 두 팔을 쳐다보고는 한숨을 내쉬었다.

“방송을 봐서 알아. 너, 히든 클래스라며? 광휘의 성기사.”

“그렇다면?”

“나도 그래. 운 좋게 생산 계열 히든 클래스인 도전의 대장장이로 전직했거든.”

“도전의 대장장이?”

생소한 직업의 이름에 카이가 고개를 갸웃거리자, 카밀라가 피식 웃었다.

“이름만 들으면 지나가는 개도 웃을 정도지만 직업 자체는 히든 클래스 중에서도 나름 최상위권이야. 다른 대장장이와 승부를 겨뤄 승리할 시 손재주를 비롯한 스탯이 상승하고, 스킬 숙련도도 올릴 수 있거든. 게다가 특정 조건만 충족시키면 드워프들의 왕국도 방문할 수 있는 금수저 클래스라고 할 수 있지.”

“흐음.”

카밀라의 맑은 눈빛을 쳐다보던 카이가 미간을 찌푸렸다.

‘눈빛을 보니 거짓말을 하는 건 아닌 것 같은데…… 이런 정보를 그냥 풀어준다고? 이렇게 쉽게?’

그럴 일은 없겠지만 만약 자신이 누군가에게 포박을 당한다면?

자신은 그때 태양의 사제와 선행 스탯에 대한 정보를 이렇게 쉽게 알려줄 수 있을까?

'나는 한 번 죽으면 죽었지. 절대 발설 안 해.'

히든 클래스가 왜 히든 클래스인가. 모든 정보가 철저히 숨겨진 직업이기 때문에 그리 불리는 것이다. 만약 히든 클래스가 지닌 특성과 스킬들의 효과 등이 만천하에 까발려진다면?

'그게 무슨 히든 클래스야. 그냥 때리면 얻어맞는 동네북이지.'

미드 온라인에서는 공략법이 명확한 적만큼 좋은 먹잇감은 없다. 히든 클래스는 정보가 생명이라고 해도 과언이 아니다. 일반 클래스의 경우에는 같은 직업이라도 최종적으로 완성되는 형태는 제각각이다.

왜냐하면 스킬 선택 폭 자체가 말도 안 되게 넓으니까.

'게다가 혹시라도 주요 스킬이 파악되면 빠르게 다른 스킬을 배우고 숙련도를 올려서 180도 다른 모습을 보여주는 것도 가능하지.'

하지만 히든 클래스는 그게 안 된다. 태양의 사제처럼 특별한 경우가 아닌 이상, 히든 클래스는 직업 고유의 기술을 배워야 한다. 한 마디로 전력이 들통 나는 순간 더 이상 활약하는 건 힘들다는 이야기.

'사실 나도 타이탄 길드와의 전쟁을 통해 어느 정도 패가 까

발려진 편이긴 한데……'

압도적인 스탯의 차이가 있으니 큰 걱정이 되지는 않는다.

하지만 카밀라는?

'대체 나의 뭘 믿고 이런 말을 해주는 거지?'

카이가 묘한 시선으로 자신을 바라보자, 그녀는 어깨를 으쓱거렸다.

"왜? 못 미더우면 직업 특성을 스크린샷으로 찍어서 메일로 보내줄 수도 있어."

"그래? 그럼 보내줘. 내 이메일 주소는……."

"……."

자신을 대놓고 못 믿겠다는 발언에 똥 씹은 표정이 된 카밀라가 입을 달싹였다.

그러자 잠시 후 메일이 도착할 때 울리는 알림이 울렸다.

"흐음……."

그녀가 보낸 파일을 체크한 카이가 고개를 끄덕였다.

'도전의 대장장이와 그것이 지닌 특성은 사실이 맞아. 하지만……'

그렇다면 더더욱 이해가 되질 않는다.

"대체 왜?"

카이의 질문에 카밀라가 진지한 표정을 지으며 입을 열었다.

"너의 도움이 필요해. 언노운."

"내 도움? 그게 갑자기 무슨……."

"너 정도 되는 플레이어가 아무런 이유도 없이 이런 오지를 돌아다닐 리는 없어. 안 그래?"

"……."

"드워프들의 대피처. 그곳을 찾는 중이지?"

"흐음. 계속해 봐."

그녀의 말에 흥미가 생긴 카이는 고개를 까딱거리며 재촉했다.

"TV에서 비르 평야 전투를 봤어. 엘프와 인어들이 너를 따르더라. 그것이 의미하는 바는 간단해. 이유는 모르겠지만 네가 아인종들과 우호적인 관계를 맺고 있다는 거야."

"그래서?"

"드워프는 엘프, 인어와 함께 아인종의 대표격으로 꼽히는 종족. 내 생각이 맞다면 네가 그들을 해칠 이유는 없어."

"네 생각이 틀리다면?"

씨익.

카밀라가 입술을 쭈욱 올리며 시원하게 웃었다.

"망하는 거지, 뭐."

"……진짜 대책 없네."

헛웃음을 터뜨린 카이는 그대로 검을 휘둘렀다.

철그렁!

매끈하게 잘린 신성 사슬이 빙판을 두드렸고, 카밀라는 해방된 팔과 어깨를 돌리며 자리에서 일어났다.

카이는 자신을 빤히 쳐다보는 카밀라에게 물었다.

"축하해. 내 관심을 끄는 데는 성공했어. 그럼 이제 설명해 봐. 드워프들은 현재 어떤 상황이지?"

"그들은…… 후우."

옅은 한숨을 내쉰 카밀라가 돌아서면서 턱짓을 했다.

"따라와. 직접 보는 게 빠를 거야."

카밀라를 따라 빙판을 걸어 나가자 얼마 안 있어 미로가 나왔다.

그녀는 그 미로가 익숙한 듯, 아주 자연스럽게 길을 찾아 걸어갔다.

누가보면 집 앞 골목길이라도 돌아다니는 듯한 모양새!

"여기야."

미로를 걸은 지 10여 분 정도 걸었을까.

얼음으로 이루어진 문이 두 사람을 반겼다.

카밀라는 따라오라는 제스처를 취하며 문을 힘껏 밀었다.

"환영해. 드워프들의 왕국…… 이라고 부르기에는 많이 조촐하지만, 현재는 이곳이 잉가르트야."

"……."

그녀를 따라 문으로 들어간 카이는 입을 쩍 벌리며 시야를 채우는 광경만 연신 쳐다봤다.

"이게…… 고작 대피소라고?"

그곳에는 얼음을 조각하여 만든 수많은 건축물과 시설들이 즐비하게 자리하고 있었다. 게다가 건물들은 하나같이 현실에서조차 쉽게 볼 수 없을 정도의 세련미를 갖춘 상태였다. 심지어 허공에는 램프들도 달려 있어, 대피소는 정녕 크레바스 밑바닥에 위치한 장소가 맞는 것인지 의심이 될 정도로 밝았다.

'드워프들의 손재주가 뛰어나다고는 익히 들었지만, 설마 일개 대피소로 세계적인 수도의 아름다운 건축물들을 씹어 먹을 정도일 줄이야…….'

그 웅장한 자태에 충격을 받은 카이는 계단 근처로 하나둘 몰려드는 드워프들에게 고개를 돌렸다.

'드워프들이 왜 제작계의 마이스터, 마스터피스라고 불리는지를 알겠어. 그런 이들이라면 물론……!'

근엄한 콧수염과 깊은 눈동자를 지니고 있을 터!

하지만 카이의 예상이 깨지는 데에는 그리 오랜 시간이 걸리지 않았다.

"카밀라 누나?"

"언니이이!"

"와아아! 카밀라 누나가 돌아왔다!"

우르르르.

계단 밑으로는 아기새들처럼 옹기종기 모인 꼬맹이들이 재잘거리며 연신 카밀라를 불렀다.

"워워, 다들 진정 좀 해. 손님 모셔온 거 안 보여?"

"손님?"

"게스트?"

"하지만 여긴 게스트하우스가 아닌데?"

"여기는 우리 대피소인데?"

"손님 안 받아요오!"

재잘재잘.

철과 불을 다루는, 근엄하고 무거운 이미지의 드워프 족 이미지가 단번에 박살 나는 순간!

카이는 떨떠름한 표정을 지으며 제 허벅지 높이까지 올 것 같은 꼬맹이들을 가리켰다.

"카밀라. 이 꼬맹이들은?"

"당연한 걸 왜 물어. 드워프 아이들이지."

"아아, 아이들……. 역시 그렇구나."

무릇 어떤 종족이라도 아이들은 귀엽고 깜찍하게 마련.

카이는 호기심 가득한 눈으로 자신을 쳐다보는 아기 드워프들을 쭈욱 둘러보았다.

"그런데…… 어른처럼 보이는 이들이 없어 보이는데?"

"성인 드워프들이라면…… 없어."

카밀라가 쓴웃음을 지으며 고개를 흔들었다.

"사룡이 잉가르트를 침공할 때 성인 드워프들은 무기를 들었어. 무력은 쥐뿔도 없는 그들이었지만, 치열한 저항 끝에 아이들을 비밀 통로로 보내는 데는 성공했지. 난 이 녀석들의 인솔자 역할을 맡게 되었고."

"여성 드워프들은?"

"드워프족은 딱히 남녀 구분이 없어. 똑같이 망치를 들고 쇠를 두드리는 장인들뿐이지. 그래서 엄마, 아빠라는 구분도 개념만 있을 뿐 하는 일은 둘이 비슷해."

"한 마디로 여자들도 무기를 들었다는 소리구나. 멋있네."

"그러고는 사이좋게 사룡에게 끌려갔지. 젠장, 저주받을 드래곤 같으니."

그녀의 투덜거림을 듣던 카이가 아차 한 표정으로 입을 열었다.

"아, 맞다. 내가 이야기 안 했나? 사룡 걔 죽었는데."

"뭐! 갑자기 왜? 아니, 어떻게!"

고개를 휙 돌린 카밀라가 깜짝 놀란 표정으로 묻자, 카이는 검지손가락으로 제 가슴을 쿡쿡 찔렀다.

"서, 설마…… 죽였다고? 네가? 사룡을?"

"죽였어. 내가, 사룡을. 유저들 귀에 들어가지 않도록 조심해."

"무, 물론이지. 하지만 어떻게…… 잉가르트를 침공했을 때의 사룡은 레벨이 550이었는데……? 혹시 55레벨이었나? 내가 잘못 봤나?"

카이는 혼란에 빠져 횡설수설하는 카밀라의 어깨를 흔들며 진중한 목소리로 말했다.

"됐고, 이제 말해 봐."

"뭐, 뭘?"

"내가 널 어떻게 도와줘야 드워프들을 되찾아올 수 있는지. 계획이 있으니 동아줄 달라고 징징거린 거 아냐?"

"도와달라고 말을 한 입장에서 이런 말 하는 건 웃기지만…… 진짜 그들을 데려오는 게 가능해?"

"가능해. 왜냐하면 이제는 내가 있으니까."

"……."

꿀꺽.

카밀라의 잔뜩 긴장된 성대가 크게 한 번 출렁였다.

카이의 진중한 눈빛과 함께 공기를 타고 흘러나온 오만한 발언. 게다가 사룡을 죽일 정도의 강자라는 사실이 드러내는 위압감. 마지막으로 다시 한번 뇌리를 스치고 지나가는 사실은 그녀에게 희열을 느끼게 해주었다.

'이게…… 정점의 위압감.'

10억 분의 1. 미드 온라인 최정상을 차지한 남자가 드러내는 강렬한 자신감에 카밀라 또한 진지해졌다.

"아무래도…… 진심인 거 같네. 그렇다면 방법은 있어. 다만, 률딘 교의 정예들과 싸워야 할 거야. 자신 있어?"

"싸움?"

카이는 마치 재미있는 소리를 들은 사람처럼, 한 쪽 입꼬리를 길게 말아 올렸다.

"그건 내 전문이지."

비록 사제지만 말이다.

66장

성혈단(1)

"드워프들의 위치를 파악하는 건 생각보다 큰 문제가 아니야."

삼삼오오 모여 밥을 먹는 드워프 아이들을 쳐다보던 카밀라가 침착한 목소리로 말했다.

"혹시 대지의 신 호른이라는 존재를 알아?"

"아아. 드워프들이 믿는다는 신?"

"……알고 있네? 보통 몰라야 정상인데…… 하긴, 네가 보통 유저는 아니지. 아무튼 알고 있다면 설명이 쉽겠어. 게임에 불과하지만 너도 신을 모시는 입장이니 알고 있겠지? 신에게 가장 필요한 존재가 무엇이 필요한지."

"신도."

카이의 대답에 카밀라가 고개를 끄덕였다.

"맞아. 신도. 자신을 믿어주는 이가 없다면 신이라는 존재는 결국 잊혀질 수밖에 없어. 그런 차원에서 볼 때 호른은 축복받은 신이라고 할 수 있지."

"자신을 믿어주는 신도들이 고정적으로 있으니까?"

"응. 드워프 일족은 기본적으로 모두 호른을 숭상해. 물론 모두가 신관의 길을 걷는 건 아니지만…… 간혹가다 망치를 들기 싫어하는 드워프들도 있으니까. 그들이 걷는 길이 신관의 길이야."

"드워프 신관이라, 저 아이들 중에도 있나?"

"우리에게는 다행스럽게도."

카밀라가 건물들의 사이에 존재하는 조그마한 구석에 쪼그려 앉아 있는 소녀를 가리켰다.

"하지만 알지? 그들의 위치를 찾는다고 이야기가 끝난 건 아니야."

"뮬딘 교들의 정예가 있다고 했고…… 또 따로 수집한 정보에 의하면 몬스터들의 군대도 있어."

"몬스터들까지……? 그건 몰랐던 정보네. 하지만 내 생각엔 그것들은 너에게 별 위험이 되지 않을 것 같아."

"물론."

카이가 자신감 넘치는 미소를 지었지만, 카밀라는 고개를 절레절레 저었다.

"네가 진정으로 조심해야 할 건, 검은 남자야."

"……검은 남자?"

"드워프들이 이 설산에 새로운 잉가르트를 건설한 건 벌써 200년이 넘었어. 그 시간 동안 아무것도 알아채지 못한 사룡 시네라스가 스스로 잉가르트를 발견했다고 생각하진 않겠지?"

"뮬딘 교의 조력자인가?"

"그건…… 확신할 수 없어. 하지만 중요한 건 그 남자는 시네라스를 아무렇지도 않게 부렸고, 시네라스는 그의 말을 거역하지 않았어."

"그 얘기, 확실한 거야?"

"두 눈으로 똑똑히 봤으니까 확실해."

사룡 시네라스는 미드 온라인 세계관 내에서도 강력한 강자다.

'물론 해츨링에 불과하다고는 하지만, 그건 성체 드래곤들과 비교해서 약한 거야.'

사룡은 대다수의 NPC들과 비교하자면 대적할 이가 손에 꼽힐 정도의 강력한 존재. 그런데 그런 녀석에게 아무렇지도 않게 명령을 내릴 수 있는 존재라고?

"이름은? 적대 상태가 되면 머리 위에 이름이 떴을 거 아냐."

카이의 질문에 카밀라는 혼란스러운 표정으로 고개를 흔들었다.

"그래, 그게 정상이긴 한데…… 아니었어. 그 남자가 드워프들에게 속박 주문을 날렸는데도 머리 위에는 물음표만 떠 있었어."

"물음표……?"

묘한 기시감에 카이가 눈살을 찌푸렸다.

'대상과의 레벨 차이나, 스탯 수준이 압도적으로 나면 물음표가 뜰 수도 있어.'

카이 본인은 게임을 하면서 그런 경우를 딱 한 번 경험해 봤다.

'흑마술사 지르칸.'

어떤 의미로는 자신의 인생을 바꿨다고 칭할 수 있는 인물이다. 과정이야 어땠든 그로 인해 태양의 사제로 전직을 할 수 있었으니까.

'하지만 지르칸은 뮬딘 교와 접점이 없어.'

둘 다 음침하고 나쁜 새끼들이라는 점에는 변함이 없다.

하지만 지르칸은 마왕의 부활을 위해 활동하는 마왕군 소속이고, 뮬딘 교는 악신을 신봉하는 사이비다.

'그렇다면 둘이 손을 잡을 가능성은?'

카이는 그 실낱같은 가능성을 남겨두었다.

'뮬딘 교는 세상에 혼란을 일으킬 수만 있다면, 드래곤들에게조차 손을 내밀 정도로 교활한 신이야.'

그렇다면 과연 마왕이라고 다를까?

마왕군이야말로 NPC들이 거주하는 이 세계에 가장 큰 혼란을 일으킬 수 있는 세력 중 하나.

"가능성이…… 아예 없지는 않겠는데."

사람마다 직감이라는 것이 찾아오는 순간이 있다. 정말 사소한, 아무것도 아닌 것 같은 작은 단서만을 가지고도 진실에 가까운 무언가를 도출해 낼 때 말이다.

카이는 지금이 그런 순간이라고 생각했다.

'안타깝게도 불길한 예감은 잘 들어맞는단 말이지.'

만약 자신의 이 불길한 가정이 사실이라면, 상황은 정말 답이 없어진다.

'나와 뮬딘 교의 호감도는…… 아니, 그 녀석들이 나한테 호감도라고 칭할 만한 게 있긴 하나.'

바닥 밑에 지하가 있다는 것을 증명이라도 하듯, 뮬딘 교와의 관계도는 이미 0을 지나 마이너스로 돌입한 상태였다.

'적의 적도 친구인 마당에, 동맹 관계의 적이라면…….'

두말할 필요도 없이 적!

"끄응."

카이가 지끈거리는 관자놀이를 주무르고 있자, 그 모습을 빤히 쳐다보던 카밀라가 은근한 목소리로 말했다.

"그런데 시네라스 녀석을 잡았으면 재료 아이템도 나왔겠네?"

"나왔지."

"하, 한 번만 보여주면 안 돼? 그냥 구경만 할게!"

"구경 정도야 뭐."

시네라스가 토해낸 전리품들을 보여주자, 카밀라는 거친 숨소리를 뱉어내며 연신 환호성을 질러댔다.

"꺄, 꺄아아악! 이 비늘 좀 봐! 망치를 쥐고 이걸 두드리면 대체 어떤 감촉이 느껴질지……! 앗! 이 뼈는 또 어때? 두드릴 때마다 속이 꽉 차 있는 소리가 나! 이, 이곳이 바로 천국인가?"

"위치만 보면 지옥에 가까울걸."

심드렁한 목소리로 대꾸한 카이는 그녀를 쳐다보더니 뭔가 깨달은 표정을 지었다.

"아……. 그러고 보니……."

잉가르트의 드워프들은 사도의 마지막 성물인 성검 프리우스를 보관하고 있었다.

하지만 현재 잉가르트는 멸망한 상태.

'그럼 프리우스는 지금 어디에 있는 거지?'

설상가상으로 성물이 뮬딘 교의 손에 넘어간 상태라면……?

황급히 자리에서 일어난 카이는 드워프족의 아이들에게 다가갔다.

'이 어린이들이 프리우스에 대해 알 리는 없을 것 같고…….'

그나마 가장 나이가 많아 보이는 소녀는 아까 카밀라가 지목했던 소녀였다. 카이는 곧장 그녀에게 다가갔다.

"안녕?"

"……."

말없이 가만히 카이를 올려다본 소녀는 이내 다시 고개를 숙였다.

"크흠. 우선 잉가르트에 있었던 비극에는 심심한 유감을 전할게. 하지만 너무 걱정하지는 마. 내가 드워프 족의 어른들, 네 부모님까지 포함해서 모두 구해올 테니까."

"……거짓말."

"거짓말 아닌데? 이 오빠는 보기보다 훠어어어얼씬 강한 사람이야."

"우리 엄마랑 아빠가 허세로 가득 찬 남자는 상대하지 말랬어요."

"허, 허세 아닌데……."

생각보다 성숙한 꼬맹이다.

잠시 고민을 하던 카이는 비장한 표정으로 손을 움직였다.

"짠. 수도에서만 파는 세계적인 빵집의 케이크야. 보존 마법까지 걸려 있어서 갓 구운 것처럼 부드럽고 달콤할걸?"

띠링!

[헬릭이 굉장히 관심 깊은 눈빛으로 이 상황을 주시하고 있습니다.]

"……아무튼, 이 케이크 먹고 싶지 않아?"

무언가 알림이 들린 것 같지만, 이를 쿨하게 무시한 카이는 케이크를 살랑살랑 흔들어 보였다.

"애도 아니고. 됐어요."

하지만 어린 시크녀를 유혹하기에는 터무니없이 부족한 미끼!

"흐음."

슬쩍 고개를 돌려 카밀라가 아직도 시네라스의 뼈와 비늘, 가죽을 향해 침을 뚝뚝 흘리는 것을 목격한 카이는 조용한 목소리로 말했다.

"너, 드워프 족의 신관이라며?"

"아저씨도 차림새 보니 신관 같네요."

"아저씨……."

의외의 구석에서 상처를 받은 카이는 황급히 정신을 수습하며 말을 이었다.

"그래. 오빠도 신관이야. 오빠도 신관이야. 중요해서 두 번 말했다. 하지만 나는 조금 더 특별해."

"……세상에서 자신만은 특별하다고 믿는 타입?"

대체 누가 순수해야 할 아이를 이렇게 만든 걸까?

잠시 아이의 부모님을 보고 싶다는 생각을 하면서, 카이는 고개를 저었다.

"아니, 착각이 아니야. 나는 사도거든."

이에 소녀는 멈칫하며 천천히 고개를 돌렸다.

"사도……?"

"그래. 내가 바로 사도야."

카이가 진중한 표정으로 고개를 끄덕이자, 소녀는 떨리는 목소리로 말했다.

"그게 뭔데요?"

"……."

낭패였다. 하긴, 아무리 신관이라고 하나 일족에 신관이 이 아이 한 명뿐인 것도 아니고. 이렇게나 어린데 사도에 대한 사실을 몰랐을 수도 있다.

'끄응. 그럼 프리우스의 행방은……'

결국 어른 드워프들을 무사히 구출해내야만 알 수 있는 것일까.

옅은 한숨을 내쉰 카이는 마음을 내려놓으며 한결 편안한 목소리로 말했다.

"모른다면 됐어. 그러고 보니 우리 서로 자기소개를 안 했네. 내 이름은 카이야."

"……시드니."

"오, 예쁜 이름인데?"

"아무 여자한테나 막 그런 소리 하고 다녀요?"

"일단 주변에 여자가 있는지부터 물어봐 주는 게 예의 아닐까? 그리고 넌 여자가 아니고 아이란다."

카이의 처량한 표정을 안쓰럽게 쳐다보던 시드니는 자신의 무릎을 감싸 안으며 중얼거렸다.

"……아저씨는 친구들 많아요?"

"친구들은 왜?"

"저희 왕국을 공격했던 나쁜 놈들은 친구들이 많대요. 아저씨 혼자서는 죽었다 깨어나도 무리예요."

"친구들은 많이 없지만…… 너무 걱정하지는 마."

시드니의 걱정 아닌 걱정에 빙그레 미소를 지은 카이는 고개를 돌려 울적한 분위기의 아이들을 쳐다보았다.

'저기 있는 아이들 모두가 한창 뛰어놀아도 모자랄 나이 같은데…….'

상황이 상황이라 그런지, 아이들은 카밀라가 처음 돌아왔을 때를 제외하면 쉽게 웃음조차 짓지 않았다.

'아이들의 입가에 웃음을 찾아주는 건 어른들의 몫이겠지.'

그리고 지금 상황에서 그 일을 할 수 있는 어른은 자신뿐.

결정을 내린 카이는 거침없이 자리에서 일어났다.

시드니가 슬쩍 고개를 올리며 물었다.

"……아저씨 어디 가요?"

"나쁜 놈들이랑 한바탕 드잡이질하러."

"친구들도 없다면서요."

"하하, 어떻게든 되지 않을까?"

시드니의 머리를 헝클어뜨리며 자리를 떠나는 카이에게, 아까부터 조용히 따라다니던 시미즈가 말을 걸었다.

-카이, 언제 어디서나, 당신의 뿌리가 어디에서 시작되었는지 잊지 마세요.

"……저의 뿌리요?"

카이가 고개를 갸웃거리며 되물었다.

"혹시 태양교 본단을 말씀하시는 거예요? 하지만 그곳은 얼마 전까지 륨딘 교에 의해 휘둘리던 곳입니다. 신뢰하기에는 조금……."

-오히려 그런 과거가 있기 때문에 더욱 믿어도 되는 것 아닐까요?

"무슨 뜻입니까?"

-태양교의 본단은 현 교황인 알버트에 의해 모든 것이 개편되었어요.

"그야 그렇지만……."

태양교가 발칵 뒤집힌 지도 시간이 제법 흘렀다.

'그러고 보니 지금쯤이면 완성되었으려나?'

알버트 교황이 자신만을 위해 창설했다는 새로운 무력 단체, 성혈단. 그들이 어느 정도 수준인지는 모르지만, 지금 자신은 고양이 손이라도 빌려야 하는 상황이다.

물론 라시온 국왕인 베오르크에게 찾아가면 철혈 기사단을 지원해 줄 테지만…….

'받는 게 있으면 주는 것도 있어야 해.'

드워프들을 구하면 자신은 그들을 리버티아의 새로운 주민으로 받아들일 생각이었다.

그렇게 된다면, 베오르크 입장에서는 기분이 나빠질 수밖에 없다. 지원은 있는 대로 해줬는데 자신의 손에 남은 것은 아무것도 없으니까.

'하지만 태양교 쪽이라면 잡음이 들려와도 나의 지위를 통해 충분히 무마시킬 수 있어.'

그렇지 않아도 인어와 엘프들을 계속해서 위험에 노출시키는 것도 마음에 걸렸다.

'성혈단이라면 프레이 길드도 소속되어 있을 테니 유저들의 비중이 높겠지. 실력 하나만큼은 확실하지 않을까?'

시미즈의 조언에 따라 마음을 기울인 카이는 시원하게 고개를 끄덕였다.

그 모습을 쳐다보던 그녀가 빙그레 미소를 지었다.

-결정하셨군요?

"예. 한 번 가보기나 하죠."

몬스터들의 군대와 뮬딘 교의 정예들, 그리고 정체불명의 검은 남자까지.

그들을 모두 혼자 상대하겠다는 건 가능성을 떠나 지나친 오만이다.

'아무것도 신경 쓰지 않고 그들을 처치해야 한다면 게릴라전을 해서라도 싸우겠지만…….'

그들에게는 수백의 드워프들이라는 인질이 잡혀 있는 상태였다.

카이의 입장에서는 그들의 신변을 보호하면서 적들을 일망타진할 필요가 있다는 뜻!

한마디로 현재 카이에게는 전장에서 믿을 수 있는 동료들이 필요했다. 혹은, 부하들이거나.

"신출귀몰."

카이의 신형이 순식간에 자리에서 사라졌다.

성혈단. 카이가 태양교의 본단에 도착하자 알버트 교황은 버선발로 뛰어나와 그를 맞이했다.

"오오, 카이 님! 연락도 없이 어쩐 일로 오신 겁니까?"

"말씀 편하게 하시라니까요."

"허허, 전 이게 편합니다. 영 마음이 쓰여서요."

웃는 낯으로 알버트와 짧은 인사를 마친 카이는 방문 목적을 설명해 주었다.

"사, 사룡 시네라스를 처치하셨다고요? 정말이지 대단하시군요!"

"당분간은 대외적으로 비밀입니다."

"원하신다면 그렇게 하겠습니다. 으으음…… 그나저나 드워프 일족이 뮬딘 교에게 붙잡혔다는 건 큰일이군요."

"그것 때문에 찾아온 것이기도 합니다."

"음?"

"지원이 필요합니다. 그래서 말인데…… 저번에 말씀하신 성혈단, 모두 준비됐나요?"

"아, 성혈단…… 끄응, 그게 말입니다……."

알버트 교황은 카이의 눈치를 슬쩍 보더니, 골치 아프다는 표정으로 말을 이었다.

"성혈단에 소속시킬 성기사들의 인원 편성은 이미 끝났습니다. 모두가 신성 왕국에서 나고 자란, 신앙심이 깊고 실력이 뛰어난 이들뿐이지요. 다만……."

"잠깐, 잠깐만요. 그럼 성혈단의 단원들은 대부분 이 세계의 주민들이라는 말씀이십니까? 모험가들요?"

"아! 물론 지난번에 말씀하신 미네르바 성녀를 비롯해 프레이라는 세력에 속한 모험가들은 포함시켰습니다. 그들이 전부이긴 하지만요."

"……."

그 말은 프레이 길드를 제외하면 모두가 NPC들로 구성되었다는 소리다.

'내가 너무 낙관적이었나?'

하긴, 조금만 생각해 보면 성혈단이 유저들을 위주로 만들어질 리가 없다는 걸 알 수 있다.

'애초에 유저들은 접속 시간이 모두 제각각이야. NPC가 그런 이들을 한데 묶어서 단체에 소속시키는 건 아무래도 큰 제약이 따르겠지.'

물론 성혈단의 실력에 대해서는 말할 것도 없을 것이다.

'신앙심이 깊은 성기사들이라.'

한 마디로 태양교 본단에서 차출해낸 엘리트 중의 엘리트들이라는 뜻.

그런데 그들에게 대체 무슨 문제가 있는 것일까?

카이의 질문에 알버트 교황은 송구스러운 표정으로 힘겹게 운을 띄웠다.

"그게…… 태양의 사제를 보필할 무력 집단이니 심혈을 기울였습니다. 문제는 거기서 발생합니다. 최고의 인재, 난다 긴다 하던 녀석들만 모아놓다 보니 자존심이 무척이나 강합니다."

"……자존심? 다들 교에 소속된 성기사들인데도 자존심을 챙기나요?"

"성기사도 기사입니다. 자존심, 자긍심을 중히 여기는 아이들이지요. 물론 헬릭 님을 향한 신앙심만은 진심입니다. 때때로 그 믿음이 너무 과해서 문제지만요. 웬만한 고위 사제들이 명령을 내려도 대충대충 듣는 척만 할 녀석들입니다. 저 같은 경우에는 나이도 있고, 교황이라는 직책이 있다 보니 잘 따라 주기는 하지만……."

알버트는 카이의 앳된 얼굴을 흘깃 쳐다보더니 한숨을 내쉬었다.

"과연 녀석들이 카이 님의 말씀을 잘 따를지…… 솔직히 말해서 걱정이 됩니다."

"흐음. 지금 이 순간에도 드워프들은 끌려가고 있습니다. 한시가 급해요."

"끄응…… 그럼 어떻게, 성혈단 말고 이번에 새롭게 개편된 태양 기사단을 지원해 드릴까요?"

"태양 기사단이라……."

지난번에 퓰딘 교의 마수로부터 알버트를 구할 때 본 기억이 있다.

물론 카이가 봤던 것은 그들의 주검뿐이었지만.

"태양 기사단과 성혈단의 무력을 비교하면 어느 쪽이 우위에 있습니까?"

"솔직히 말해서 수준으로 따지면 아직은 태양 기사단 쪽이 훨씬 높습니다. 다만, 성혈단에 속한 아이들의 잠재 능력은 뛰어납니다. 개중에는 미래에 일개 단을 이끌어도 될 정도로 뛰어난 성기사들도 있지요."

"후우. 솔직히 이 상황이 마음에 들진 않지만…… 그렇다면 성혈단 쪽 애들을 컨트롤해 보겠습니다."

"……이 시점에서 말씀이십니까?"

"어차피 한 번은 해야 될 일이예요. 어쩌면 교단의 주적인 뮬딘 교와의 전투를 통해 길을 들이는 게 나을 수도 있습니다."

하다못해 새 신발을 사더라도 길을 들여야 한다.

그렇다면 사람은?

'더하면 더했지. 못하지는 않아.'

상사가 부하의 능력을 끊임없이 검증하려고 하듯, 부하 또한 상사의 수준을 의심할 줄 안다.

'그럼 일단 깔끔하게 기부터 죽이고 시작할까.'

이 순간에도 고통을 받을지도 모르는 드워프 일족.

그들을 생각하는 카이의 눈이 매섭게 반짝였다.

"갑자기 무슨 일이지?"

"글쎄. 지금 명령이라고 해서 모이긴 했는데……."

"신기하군. 차출 명령서만 받아봤지. 이렇게 모이는 건 처음이니."

"그러고보니 서로 얼굴을 보는 것도 이번이 처음인가."

하나같이 몸이 좋은 300여 명의 성기사들은 태양교 본단의 제14 연무장에 서 있었다.

평균 레벨 350. 레벨만 놓고 본다면 랭킹 1위인 카이보다 높은 이들이 대다수!

당연히 일반 유저들은 함부로 보기는커녕, 우러러보아야 할 수준의 실력자들이었다. 그 때문인지 그들의 얼굴에는 감추지 못하는 자긍심이 철철 넘쳐흘렀다.

'내가 최고다.'

자신이 최고라는 극강의 자신감. 전설이라 불리던 패트릭의 이름을 자신이 계승하겠다는 원대한 꿈을 지닌 이들. 성혈단이라 명명된 새로운 무력 집단에 차출된 성기사들은 주변을 둘러보며 구성원들을 살폈다.

그러고는 놀랐다.

'뭐야. 지난번에 사고 친 것 때문에 좌천된 줄 알았는데……'

'이런 녀석들이 대체 어디 숨어 있다가 튀어나온 거지?'

'……한두 명이 아니야. 심지어 하나같이 수준들이…… 상당해.'

강자는 강자를 알아보는 법. 이 자리에 모인 이들의 실력이 범상치 않다는 것을 알게 된 성기사들은 기세를 끌어올렸다.

'혹시 오늘 이 자리에 모이라는 게 단장을 뽑기 위함인가?'

'만약 그게 사실이라면 단장은 당연히 이 몸의 몫이지.'

'라테르의 신성이라 불리던 나의 검술 솜씨를 보여줄 절호의 기회가 왔구나.'

교황 성하가 직접 내린 명령에 따라 한자리에 모인 태양교 최고의 엘리트 성기사들!

물론 그 자리에는 꿔다놓은 보릿자루처럼 구석에 찌그러져 있는 이들도 있었다.

"……마스터. 아무래도 재네가 일반 성기사들 같지는 않죠?"

"예. 본단의 내원을 거닐 때도 저런 수준의 성기사들은 쉽게 볼 수 없었어요."

프레이 길드의 마스터 미네르바는 자리에 모인 이들의 실력을 가늠하며 침을 꿀꺽 삼켰다.

'광휘의 성기사, 패트릭이 태양교의 전설적인 존재였다는 건 알고 있었지만…… 그 직업을 계승했다는 사실만으로 이만한 지원을 해줄 정도라고요?'

웬만한 크기의 성쯤은 가볍게 박살 낼 수 있을 만한 가공할 전력!

미네르바는 이들을 통솔할 수만 있다면, 바덴 성쯤은 반나절 안에 함락시킬 수 있다고 확신했다.

"그런데 카이 님이 이런 곳의 단장이라니……."

"끄응. 그가 강한 건 압니다. 무력 랭킹 1위니까요. 하지만 이 정도 수준의 성기사들을 상대하는 건…… 흐음. 잡음이 생기겠군요."

"그가 이 잡음을 끊어내면 막대한 힘을 얻을 수 있을 거예요."

물론, 끊어내지 못한다면 이 기회는 한여름 밤의 꿈처럼 덧없이 사라질 것이다. 길드원 50인을 이끌고 묘한 눈빛으로 상황을 관망하던 미네르바가 돌연 입구 쪽을 바라봤다.

"……저기 오네요."

"이 자리의 주인공답네요."

이제는 카이와 제법 안면이 있는 프레이 길드원들은 피식 웃으며 그의 등장을 반겼다.

잠시 후 이 자리에 풍운을 몰고올 남자의 등장이었으니 어찌 기대가 되지 않겠는가.

마치 광고가 끝나고 영화가 시작하기 직전의 고요함이 연무장을 뒤덮었다.

"모두 좋은 하루입니다."

카이를 대동하고 나타난 알버트 교황이 인사를 건네자, 자리에 있던 모두가 한쪽 무릎을 꿇으며 예를 갖췄다.

"허허, 모두 일어나시게."

교황의 허락이 떨어지자 자리에서 천천히 일어난 성기사들은 눈을 반짝이며 그의 다음 말을 기다렸다.

물론, 그가 데려온 모험가에 대한 관심은 끊이질 않았다.

'저 남자는 누구지?'

'사내자식이 비실비실하게도 생겼군. 한 대 치면 억 소리 내면서 쓰러지겠어.'

'저 구석에도 모험가 녀석들이 있던데…… 그들의 동료인가 보군.'

'흥. 수준 낮은 모험가 놈들이랑 같은 소속이라니. 기분 나쁘군.'

물론 카이를 빠르게 훑은 성기사들은 금세 그에 대한 관심을 끊었다. 자신들보다 레벨도 낮을뿐더러, 카이는 사제복을 입고 있었으니까.

기껏해야 새로운 단체의 창설을 기념해 기도문이나 읊을 것이라고 생각했을 것이다. 하지만 그 예상이 깨지는 건 말 그대로 찰나의 순간이었다.

"다들 인사하시게. 이 시간 부로 그대들을 이끌 성혈단장, 카이라고 하네."

인자한 미소를 지은 알버트는 카이의 어깨를 툭툭 두드리며 뒤로 물러났다. 그것은 모두 연출된 모습이었다. 카이를 대놓고 밀어준다는 것을 행동으로 보여준 것이었으니까.

그의 소개를 받아 한 걸음 앞으로 나선 카이는 미묘한 눈동자로 자신을 쳐다보는 기백 명의 성기사들을 내려다보았다.

'생각보다 피 끓는 청춘들인데?'

성혈단에 소속된 성기사들의 나잇대는 다양했다.

16살짜리 어린아이부터, 많으면 서른 중반까지. 모두 제각각인 인간 군상들이었지만, 그들은 현재 한 마음, 한 뜻을 품고 있었다.

'이렇게 비실비실한 녀석을 믿고 따르라고?'

'젠장. 본단이 개편된다기에 기대했더니…… 결국 이전과 마찬가지로군. 이 녀석도 위에서 내려온 낙하산인가?'

'그럼 그렇지. 한 번 썩은 웅덩이는 스스로 정화될 수 없어.'

능력은 출중하지만 정치력이 부족해 좌천된 성기사들은 금세 관심이 없다는 표정을 지었다. 약간이나마 기대했던 실낱같은 희망이 사라지는 순간, 사람은 모든 걸 내려놓게 마련이니까.

물론 개중에는 강력하게 반발심을 드러내는 호기로운 이들도 있었다.

척, 척, 척!

손을 번쩍 들어 올린 성기사들만 무려 140여 명. 이글거리는 눈동자로 카이를 쳐다보는 그들은 마치 발표를 하고 싶어 하는 학생들처럼 알버트의 호명을 기다렸다.

"흐음. 혹시 그를 단장으로 선임한 나의 결정에 불만이……."

"교황님. 여긴 저한테 맡겨주십시오."

카이는 앞으로 나서려는 알버트 교황을 제지하며 정중하게 고개를 흔들었다.

'오늘 이 자리를 교황님이 원만하게 풀어주신다고 해도, 결국 같은 일이 반복될 거야.'

지금 저들에게는 믿음이 필요한 것이다.

자신의 머리 위에 올라타 고삐를 쥐고 있는 이가 믿을 만한 사람인지. 자신들이 따라도 될 정도의 능력이 있는 사람인지 믿을 수 있는 계기가 필요한 것뿐이었다.

'이런 상황에서는 복잡하게 머리 굴릴 필요가 없어.'

오히려 단순하고, 명쾌한 방법이야말로 저들의 마음을 두드릴 수 있을 것이다.

그리고 그 마음의 빗장을 여는 순간, 자신은 태양교 최강의 세력을 손에 넣을 수 있을 터.

저벅, 저벅.

걸음을 크게 내디딘 카이는 가장 가까이에서 손을 들고 있는 성기사 한 명을 내려다봤다. 앳된 얼굴의, 아직 소년의 티를 벗어내지 못한 어린 친구였다. 붉어진 얼굴에 떠오른 분하다는 표정은 그의 생각이 어떤지를 여실히 보여주고 있었다.

"너, 이름은?"

"……라테르의 신성이라 불리던 테페른입니다."

"내가 단장이 된 것에 굉장한 불만이 있는 표정인데, 맞나?"

"예. 많습니다. 불만."

"그래. 불만이 있으면 풀어야지."

우둑, 두두둑.

천천히 목을 돌린 카이는 손가락을 까딱거리며 다른 성기사들에게 명령했다.

"무대를 만들어라. 오늘 하루, 내가 성혈단의 단장직을 맡는 것에 불만이 있는 놈들에게 도전권을 주지. 나를 이기는 놈에게 단장직을 주겠다. 이번이 처음이자 마지막 기회라고 생각하고 덤벼."

"……!"

카이의 돌발적인 언사에 모두가 눈을 휘둥그렇게 뜨며 놀란 표정을 지었다.

'돌았나?'

'라테르의 신성이라면 나도 이름 정도는 들어봤어. 나이가 어리다고 괄시할 만한 친구가 아닌데?'

'아니, 어찌어찌 몇 명은 이긴다고 하더라도…….'

'설마 우리 모두를 감당할 자신이 있다는 건가?'

'무모하군.'

'미친놈이거나, 또라이거나. 둘 중 하나겠어.'

뒤로 물러나며 대련장을 만드는 성기사들이 모두 카이의 결정을 안타까워 할 때, 오직 미네르바만이 빙그레 웃었다.

"라즐리, 우리 내기할래요? 어느 쪽이 이길지."

"좋죠. 그럼 전 카이한테 100골드 걸겠습니다."

"저는 카이한테 50골드요."

"아, 난 요즘 장비 바꾸느라 지갑이 다이어트를 해서…… 카이한테 20골드만 걸게요."

"……뭐예요. 그냥 없던 일로 해요. 이래서야 내기 자체가 성립 안 되잖아요."

거짓말처럼 한쪽으로만 몰리는 프레이 길드원들의 배팅!

결국 미네르바는 고개를 절레절레 저으며 부드러운 미소를 지었다.

'아쉽네요.'

물론, 그녀도 내기를 한다면 카이에게 배팅할 생각이었다.

태양교 본단에는 총 14개의 연무장이 존재하고 있었다. 태양 기사단처럼 교단의 중추를 맡고 있는 핵심 무력 집단부터, 신성 주문을 다루는 사제들, 혹은 이단 심판관처럼 우대받는 이들은 1번에서 3번까지의 연무장을 사용했다.

한마디로 14개의 연무장 중에서 끄트머리를 사용한다는

건, 교단 내에서 그만큼 단체의 입지가 좁다는 뜻.

때문에 대부분의 성혈단원들은 연락을 받는 순간 희망의 끈을 놓아버렸다. 하지만 이게 웬걸? 막상 연무장에 도착하고 보니 다른 단원들의 면면은 상상 이상이었다.

'이 정도 수준의 신설 무력 단체가 14연무장을 배정받았다고?'

'지금 내가 파악한 녀석들 중 얼굴을 알고 있는 녀석들만 꼽아도…… 최소 8번 연무장은 사용해야 되는데?'

'대체 이건 상황이 뭐 어떻게 돌아가고 있는 거야?'

그들이 어지러운 머리를 정리하기도 전, 알버트 교황이 성혈단장이라는 남자를 대동하고 나타났다. 동시에 성혈단원들은 고개를 끄덕였다.

'그렇군.'

'왜 이 정도 수준의 단원들이 모였는데도 14번 연무장을 배정받았는지 알겠어.'

'단장이라는 작자가 출신도 알 수 없는 모험가이니 그럴 수밖에.'

'그나저나 어느 주교의 라인이지? 젊고 모험가인데 단장 직위를 배정받은 건 조금 신기하군.'

납득의 순간은 곧장 자포자기로 이어졌고, 그들은 갑자기 성사된 대결에도 큰 관심을 갖지 못했다.

'철없는 도련님이 자존심 한 번 세워보겠다고 까불다가 된

통 얻어맞겠어.'

'라테르의 신성을 지목한 건 그나마 가장 어려 보이니까 만만해서겠지?'

'곧 후회하겠군.'

'몇 초 만에 결판이 날지 궁금할 지경이야.'

라테르의 신성 테페른.

그는 도시왕국 라테르에 위치한 태양교 지부에서 거둔 고아 중 하나였다. 깊은 신앙심과 천재적인 검술 실력 덕분에 그의 이름은 빠른 속도로 본단까지 들려왔다. 다만, 개편되기 이전의 썩어 있던 본단에서는 실력만으로는 인정을 받는 것이 몹시 힘들었다. 테페른은 그 부조리함을 견디지 못했고, 체제의 순응을 거부했다. 그 결과는 물론 좌천이었다.

성'기사'인 그가 자존심을 선택한 결과는 참담했다.

'하루 종일 서류 정리나 하고, 쓰레기 청소나 해야 했지.'

하지만 자신의 선택에 후회는 없었다. 왜냐하면 그에게는 스스로가 성기사로써, 떳떳한 선택을 했다는 자긍심이 있었으니까. 때문에 부패한 주교, 사제들이 모조리 잘려 나가고, 본단이 개편되었다는 소문이 들렸을 때 그는 몹시 큰 기대를 했었다.

'알버트 교황님은 이 본단에서 유일하게 내가 존경하는 분. 그분이 감춰놨던 칼을 빼 드셨다.'

그의 칼이 누구인지는 아무도 알지 못했다. 다만 그 칼이 몹시 날카롭고 매서워서, 본단을 장악했던 부패한 주교들을 소탕할 정도가 된다는 것만을 유추했을 뿐.

'그런데 그 결과가 이거라니……'

결국 권력을 얻게 되면 사람은 모두 같아지는 것일까.

테페른은 알버트 교황을 잠시 원망스러운 눈빛을 쳐다보다가, 검집에 손을 올렸다.

"경고드리겠습니다. 지금이라도 물러나십시오. 부상자가 나올 수도 있습니다."

물론 그 부상자가 카이를 지칭하고 있다는 건 그 자리의 모두가 알 수 있었다. 심지어 테페른의 그 말은 절대 허세 따위가 아니었다.

신성(新星). 태양교의 새로운 별이라고까지 불리던 어린 천재의 진심 어린 경고였을 뿐.

"부상자는 나오지 않아. 내가 적당히 봐주면서 할 테니까."

카이가 담담한 목소리로 말을 꺼내자, 모두가 고개를 절레절레 흔들었다.

'매가 약인 놈이군.'

'뭐, 기분도 꿀꿀한데 나쁘지 않아.'

'어느 정도 교육이 필요한 녀석이야.'

항상 일을 치르기 전, 참을 인(忍)을 세 번 되새기는 테페른조차 기가 찬다는 표정을 지었다.

"뭐, 본인의 선택이니 나중에 후회나 하지 마시길."

"물론."

테페른이 검을 빼들자 카이는 검 손잡이 위에 슬쩍 손을 올려놓으며 생각했다.

'나, 미움 많이 받네.'

카이는 무심한 표정으로 연무장의 성혈단원들을 스윽 쳐다봤다.

하나같이 곱지 못한 시선들뿐. 우호적인 시선이라고는 구석의 프레이 길드원들이 전부였다.

'태양교 본단에서 이런 눈빛을 받아보게 될 줄이야.'

하지만 저들의 태도도 이해는 간다. 눈앞의 성혈단원들은 모두 출신도 미비하고, 뒷배도 없는, 말 그대로 실력이 전부인 녀석들. 알버트에게 성혈단이 어떤 녀석들로 이루어져 있는지를 들었을 때, 오히려 카이가 부탁했다.

"연무장은 14번으로 해주십시오."

"예? 1번 연무장을 비워놨습니다. 굳이 왜 14번 연무장을……?"

"태양교 본단이 너무 갑작스럽게 바뀌었으니까요."

태양교 본단은 개편되어 다시 교단 특유의 맑고 깨끗함을 되찾았다.

하지만 과연 사람들의 인식은? 이번 개편은 과연 신도들의 의심까지 깨끗하게 씻어냈을까?

'그럴 리가.'

사람은 항상 의심하고, 의심한다. 백 번 진실을 속삭여도, 단 한 번의 거짓을 속삭인다면 사람들은 그의 말을 의심하기 시작할 것이다.

'그러니 알려줘야지.'

새로운 태양교의 모습을 그들의 눈과 귀, 피부와 뼈에 새겨주는 것. 그것이 카이가 성혈단의 연무장을 14번을 선택한 이유이며, 이 대련을 시작한 이유였다.

"그럼 먼저 갈까요? 단장님이니, 제 공격을 세 번 정도는 받아주시겠지요."

테페른이 검끝을 흔들며 비아냥거리는 말투로 물었다. 그러자 연무장의 밖에서 그들을 구경하던 성혈단원들은 고개를 숙이며 웃음을 참았다.

'테페른, 짓궂은 녀석이군.'

'물론 대련을 할 때는 상급자가 하수에게 세 번의 공격을 양보하는 것이 기본이지만…….'

'저 녀석은 직함만 단장이지, 아무리 봐도 나보다 약해 보인다고.'

한마디로 현재 테페른은 일반적인 대련 룰을 이용하여 카이를 비꼬고 있는 것이었다.

나의 검을 세 번이나 받아낼 수 있겠느냐고. 물론 카이는 시원스럽게 고개를 끄덕였다. 아니, 오히려 그는 한 술을 더 뜨며 흔쾌히 말했다.

"선공 기회는 다섯 번 주지."

"……진심이십니까?"

웃음기를 싹 지운 테페른은 정색을 하며 딱딱한 낯빛으로 물었다. 청소를 해도 좋았고, 쓰레기를 치워도 좋았다. 하지만 자신이 검을 들었을 때, 자신의 검을 모욕하는 것은 기사로서 수치였다.

자존심에 상처를 입은 테페른의 눈이 한층 더 깊어졌다.

'눈빛 좋은걸.'

입꼬리를 슬쩍 들어 올린 카이는 가볍게 손가락을 까딱거렸다. 그것이 신호가 되어 테페른의 신형이 빛살처럼 앞으로 튀어나왔다.

'알버트 교황님의 얼굴을 봐서 적당히 해주려고 했지만……!'

자신의 검, 자신의 노력을 우습게 여기고 무시한 자를 용서할 수는 없다.

테페른은 검의 옆면으로 카이의 옆구리를 박살 내려고 했다.

'아마 두 달 정도는 요양해야 할 거다. 아, 모험가라서 그렇지도 않으려나.'

그는 자신의 검에 얻어맞은 카이가 연무장 저편으로 날아가리라 믿어 의심치 않았다. 때문에, 세상이 거꾸로 뒤집히는 순간 테페른의 머리는 의문으로 가득 찼다.

"어?"

이게 무슨…….

뒷말이 채 나오기도 전에, 테페른은 전신에서 느껴지는 압도적인 고통에 비명을 토해냈다.

"커헉!"

이런 고통을 느껴보는 게 얼마 만인지!

눈만 멀뚱멀뚱 뜨던 테페른이 쓰라린 몸을 천천히 일으키며 카이를 쳐다봤다.

"이제 네 번."

까딱까딱.

테페른은 아까처럼 담담한 목소리로 말을 내뱉는 카이를 더 이상 무시할 수가 없었다.

……정적.

…….

고요하며 괴괴하다는 뜻으로, 이 상황을 이보다 더 잘 설명할 수 있는 단어는 없을 것이다.

"커허억……!"

거구의 사내, 데크가 눈을 까뒤집으며 넘어가자 카이는 담담한 목소리로 이전에 64번이나 뱉어냈던 말을 다시 한번 뱉어냈다.

"다음."

꿀꺽. 침 넘어가는 소리.

눈동자를 데굴데굴 굴리는 소리만이 연무장을 떠다녔다.

이 상황을 믿을 수 없다는 듯, 눈만 부릅뜬 성혈단원들은 어지러운 머리를 부여잡았다.

'이게 대체…….'

'말이 돼?'

라페르의 신성을 포함한 64명의 성기사들은 카이의 옷깃 하나 스치지 못했다. 오히려 비실비실하게 보였던 카이는 결투에 돌입하는 순간, 전장의 화신과도 같은 위압감을 뿜어내며 그들을 상대했다.

'64명을 상대하는 것도 놀라운데…….'

'그것도 휴식 시간도 없는 스트레이트! 대체 스테미너가 얼마나 괴물인거지?'

'저 남자의 수준이 형편없었던 게 아니다…….'

'눈! 우리들의 눈이 썩은 동태마냥 형편없었을 뿐이야!'

더 이상의 도전자는 나오지 않았다. 이미 카이는 압도적인 카리스마와 전투 실력은 충분히 보임으로써 증명했다. 자신이 이 무리를 통솔할 자격이 있음을.

'나쁘지 않아.'

한 점 흐트러지지 않은 숨을 가볍게 뱉어낸 카이는 고개를 끄덕였다.

'여태까지 야금야금 스페셜 칭호를 모아놓은 효과가 이렇게 발휘하는구나.'

카이는 슬쩍 시선을 내려 자신에게 도움을 주고 있는 스페셜 칭호들의 효과를 확인했다.

용맹한 전사, 자신보다 레벨이 높은 적을 상대할 시, 모든 스탯이 10 상승합니다. 전장의 사신, 적을 공격할 때마다 일정 수준의 스테미너를 회복. 최초의 용살자(龍殺者), 사용자는 항시 드래곤 피어를 두르게 됩니다…….

현재 성혈단원들에 소속된 NPC들의 레벨은 한 명도 빠짐없이 카이보다 높다.

'프레이 길드원들 때문에 평균 레벨은 조금 깎이지만 말이지.'

한마디로 그들과 대련이 시작되어 적대 상태가 되면 용맹한 전사는 어김없이 발산되었다.

그뿐만이 아니었다. 타이탄 길드를 홀로 박살 내고 얻은 칭호, 전장의 사신은 지금처럼 1대 다수의 대결에서 절대라고 칭해도 부족함이 없는 효과를 보여주고 있었다.

'공격을 성공할 때마다 스테미너가 올라. 하지만…….'

전장의 사신에는 표기되지 않은 숨겨진 효과가 부가적으로 숨어 있었다.

띠링!

[라테르의 신성, 테페른과의 결투에서 승리합니다.]

[전장의 사신 효과로 전체 스테미너의 15%가 회복됩니다.]

바로 승리. 적과의 싸움에서 승리를 거머쥐면 전체 스테미너가 매우 큰 폭으로 회복되었다.

'이건 아마 적을 죽일 때도 마찬가지겠지.'

전장의 사신 효과만 있다면, 자신은 이제 사냥이나 레이드, 전쟁에서 지칠 일이 없다는 소리.

'이것이 한때 과학자들이 주장하던 무한동력이라는 건가?'

절대로 체력이 떨어지지 않는 파괴 전차!

카이는 아무 말 없이 연무장을 스윽 돌아보았다. 그런 그의 행동 하나하나에도 드래곤의 피어와 같은 힘이 깃들어 있었다.

"으음……."

"큼큼."

자연스레 눈을 내리깔며 시선을 피하는 성혈단원들!

그들 모두 강자들인지라 드래곤의 피어에는 어느 정도 저항을 할 수 있을 터. 하지만 눈앞에서 압도적인 강함을 보여준 터라 이미 정신력이 크게 붕괴된 상태였다.

때문에 공포를 느끼지는 않을지언정, 그들은 카이의 모습에서 절대자의 면모를 보았다.

'이토록 대단한 실력을 가지고 있음에도 불구하고…….'

'뽐내지도 않을뿐더러, 오만하지도 않아.'

'가벼운 입으로 상황을 넘기려고 하지도 않고, 리더처럼 묵묵하게 자신의 실력을 입증할 뿐.'

'우리의 눈이 잘못되었음을 탓하지 않는 대인배의 기질 또한 엿보인다.'

원래 사람이란 한 번 콩깍지가 쓰이면 단점조차 좋게 보이게 마련!

성혈단원들은 카이에게서 따르고 싶은 리더의 모습을 하나씩 찾아내기 시작했다.

"더 도전할 사람은?"

카이의 물음에 성혈단원들은 침묵을 고수했다. 그러기를 잠시, 정신을 차리고 뒤에서 쉬고 있던 테페른이 연무장 위로 올라왔다.

"재도전인가?"

"아뇨, 그게 아닙니다."

고개를 절레절레 흔들어 보인 테페른이 쿵! 소리가 날 정도로 한쪽 무릎을 강하게 꿇었다.

그 충격에 연무장의 바닥에 실금이 생길 정도.

"단장의 수준을 알아보지 못하고, 겁도 없이 덤벼들었든 저의 부족함을 탓해주십시오! 앞으로는 군말 없이 믿고 따르겠습니다!"

테페른을 시작으로 300여 명의 성혈단원들이 차례대로 한쪽 무릎을 꿇고, 제 가슴이 주먹을 가져다 대며 존경의 표시를 띄웠다.

"……."

카이를 원형으로 둘러싼 성혈단원 300여 명의 맹세!

가슴이 벅차오를 것 같은 그 모습에 미소를 지은 카이는 조용히 입을 열었다.

"서럽고 억울했을 것이다. 부조리함과 싸우고 싶었으나 지닌 바 힘이 부족했을 것이고, 하소연을 하고 싶었으나 귀를 열어주는 이가 없었을 테지."

"……."

조용하게 시작된 카이의 말은 성혈단원들의 가슴 속 깊이 담겨 있던 감정을 툭툭 건드렸다.

조곤조곤하게, 감정을 건드리는 것이야말로 사람과 친해질 수 있는 최고의 화법.

'고아원에 봉사활동 갔을 때 애들이랑 친해지려면, 녀석들

을 '이해'해 주는 게 가장 중요했지.'

그들이 왜 힘든지, 어떤 감정을 느끼고 있는지를 깨닫고 진심으로 공감해 주는 것!

그것이 카이, 한정우가 사람에게 다가갈 때 가장 즐겨 사용하는 방법이었다.

"하지만. 지금부터는 모든 것이 달라질 것이다."

조용조용하던 카이의 목소리가 성난 황소의 그것처럼 돌변했다.

"개편된 태양교는 부정, 부패를 멀리하고, 개개인의 실력과 신앙심만으로 높은 자리에 올라설 수 있는 맑고 투명한 세력이 될 것이다."

"아아……!"

"태양교의 새로운 시작을 알리는 성혈단은 약자들의 검이자 울타리가 될 것이며, 부패한 자들의 목덜미를 노리는 차가운 비수가 되어 대륙 전역에서 활동하게 될 것이다. 성혈단의 일부가 되어 태양신 헬릭의 진정한 가르침을 이 땅에 전파하고자 하는 자는 남고, 싫은 자는 떠나라."

카이는 고개를 돌리며 성혈단원 한 명 한 명과 천천히 시선을 마주쳤다.

띠링!

[테페른의 호감도가 대폭 상승하였습니다.]

[데크의 호감도가 대폭 상승하였습니다.]

[살라딘의 호감도가 대폭 상승하였습니다.]

[뒤타로스의 호감도가 대폭 상승…….]

…….

눈에 보이지도 않을 정도의 속도로 떠오르는 알림 폭탄.

그것이 의미하는 바는 단 하나였다.

스르릉, 카이는 검을 검집에 꽂아 넣으며 입을 열었다.

"너희들의 단장으로서 명한다."

물론 그 명령의 내용은 간단했다.

'드워프 구출 작전.'

성혈단이라는 새로운 검을 손에 넣은 카이는 매력적인 미소를 입가에 담았다.

To Be Continued

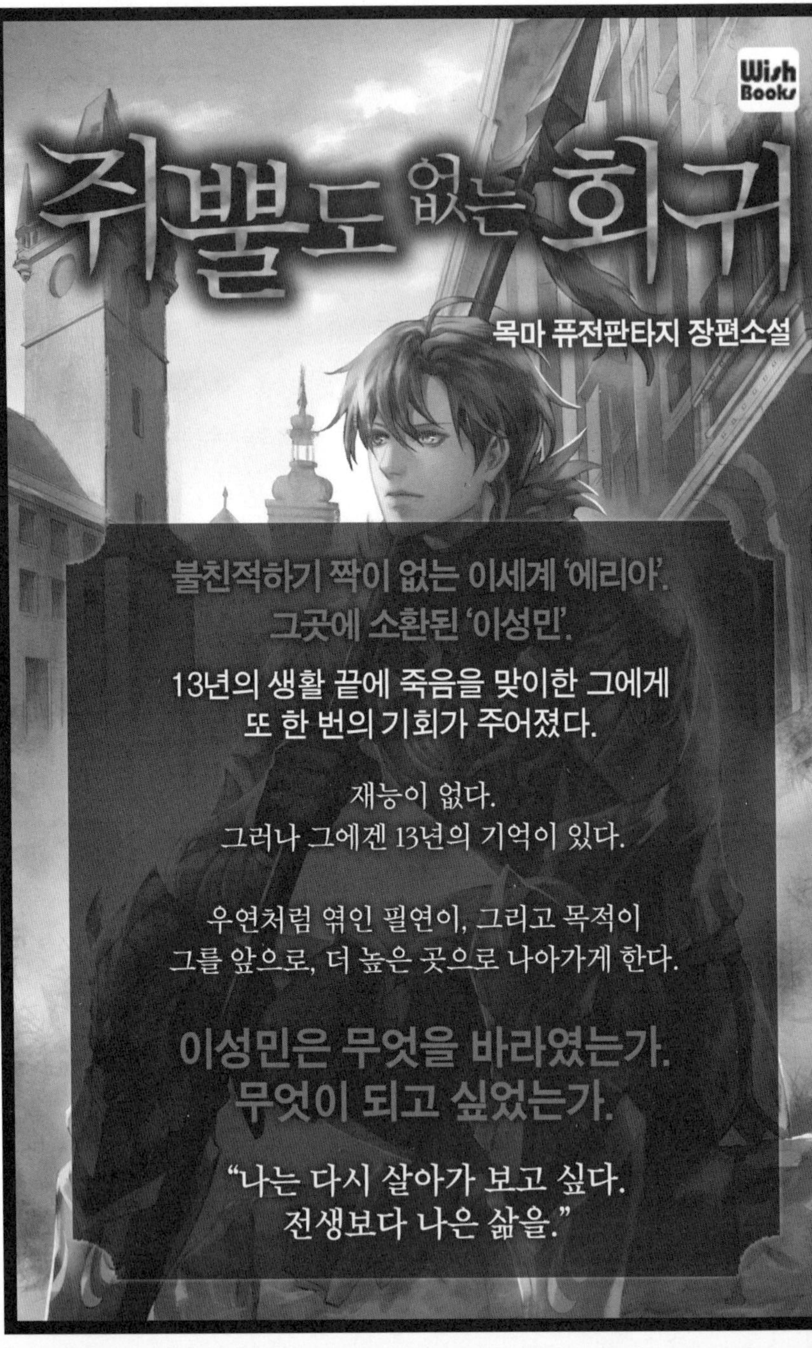
Wish Books
쥐뿔도 없는 회귀
목마 퓨전판타지 장편소설
불친적하기 짝이 없는 이세계 '에리아'.
그곳에 소환된 '이성민'.
13년의 생활 끝에 죽음을 맞이한 그에게
또 한 번의 기회가 주어졌다.
재능이 없다.
그러나 그에겐 13년의 기억이 있다.
우연처럼 엮인 필연이, 그리고 목적이
그를 앞으로, 더 높은 곳으로 나아가게 한다.
이성민은 무엇을 바라였는가.
무엇이 되고 싶었는가.
"나는 다시 살아가 보고 싶다.
전생보다 나은 삶을."

Wish Books
스켈레톤 마스터
WISHBOOKS GAME FANTASY STORY
더페이서 게임 판타지 장편소설
오직 힘으로 지배되는 세상 일루전!
"스켈레톤 소환."
ㄴ 미친…….
ㄴ 저거 스켈레톤 맞아요?
ㄴ 뭐가 저렇게 세?
수백이 넘는 소환수를 지휘하는 자,
극악의 난이도를 자랑하는 직업 조폭 네크로맨서!
8년 전으로 회귀한 강무혁의 도전이 시작된다.
「스켈레톤 마스터」
"나는 이곳에서 강자가 되겠다!"

Wish Books
우진 현대 판타지 장편소설
WISHBOOKS MODERN FANTASY STORY
다시 태어난 베토벤
1827년 한 남자의 죽음으로 고전 시대가 저물었다.
그러나
그가 지핀 낭만의 불씨가 타오르니
비로소 새로운 시대가 열렸다.
긴 시간이 흘러 찬란했던 불꽃도 저물어 갈 즈음.
스스로 지핀 불씨를 지키기 위해
불멸의 천재가 다시 태어났다.
〈다시 태어난 베토벤〉
마치 운명이 문을 두드리듯
힘차게 손을 뻗어 외친다.
"아우아!"

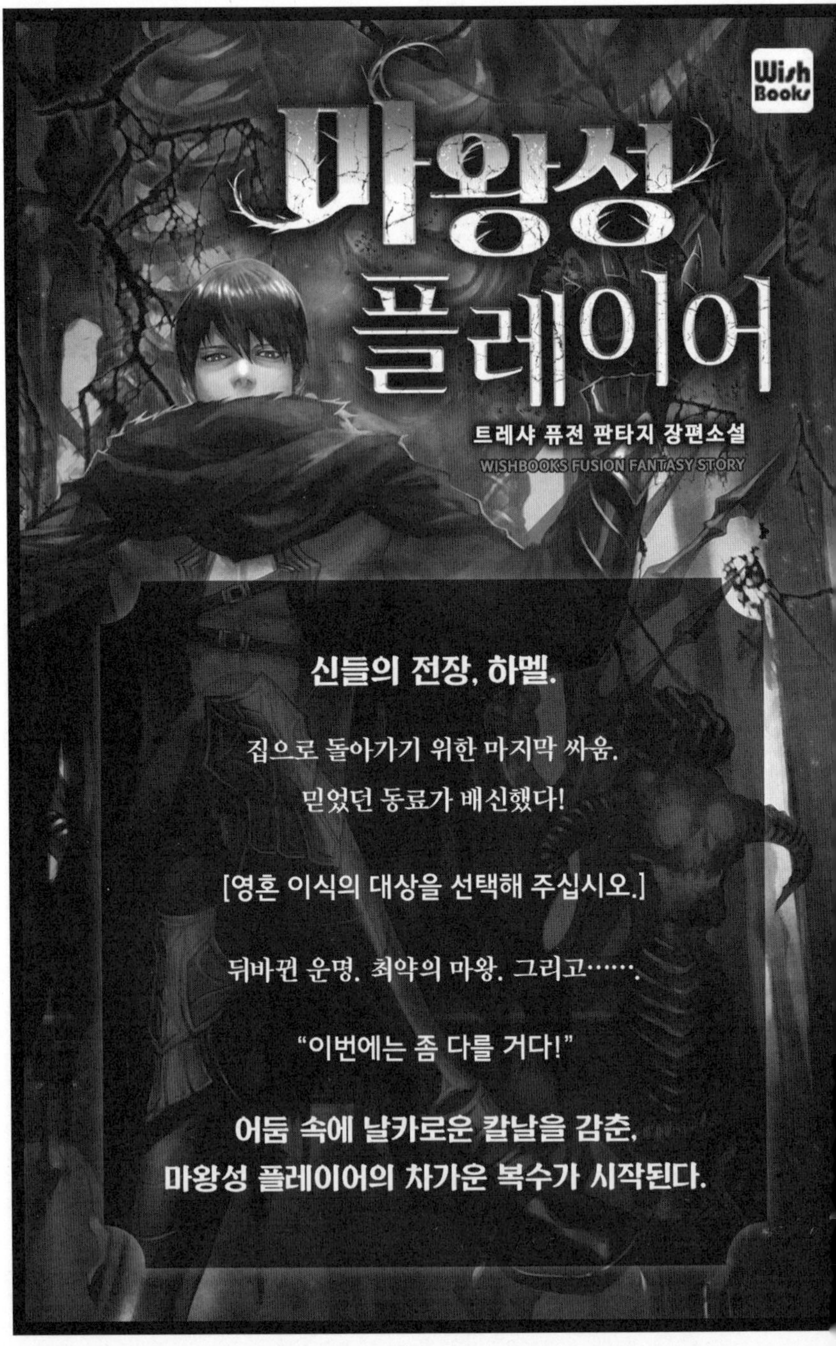
Wish Books
마왕성 플레이어
트레샤 퓨전 판타지 장편소설
WISHBOOKS FUSION FANTASY STORY
신들의 전장, 하멜.
집으로 돌아가기 위한 마지막 싸움.
믿었던 동료가 배신했다!
[영혼 이식의 대상을 선택해 주십시오.]
뒤바뀐 운명. 최약의 마왕. 그리고…….
"이번에는 좀 다를 거다!"
어둠 속에 날카로운 칼날을 감춘,
마왕성 플레이어의 차가운 복수가 시작된다.